甘露六短篇

甘露六短篇

孙甘露 著

海豚出版社

图书在版编目（CIP）数据

甘露六短篇 / 孙甘露著. —北京：海豚出版社，2016.6（2024.4重印）
（短篇经典文库）
ISBN 978-7-5110-3299-7

Ⅰ. ①甘… Ⅱ. ①孙… Ⅲ. ①短篇小说－小说集－中国－当代 Ⅳ. ①I247.7

中国版本图书馆CIP数据核字（2016）第103778号

总发行人：王　磊
策　　划：林建法
责任编辑：朱敬利　杨文建
美术编辑：杨小洲　张　西
责任印制：蔡　丽

出　　版：海豚出版社
地　　址：北京市西城区百万庄大街24号
邮　　编：100037
电　　话：010-68325006（销售）　010-68996147（总编室）
印　　刷：涿州市荣升新创印刷有限公司
经　　销：全国新华书店及各大网络书店
开　　本：32开（787毫米×1092毫米）
印　　张：5.625
字　　数：67千
版　　次：2016年8月第1版，2024年4月第3次印刷
标准书号：ISBN 978-7-5110-3299-7
定　　价：56.00元

版权所有　侵权必究

目　录

1　　　　边　境
20　　　 剧　院
54　　　 镜花缘
68　　　 相同的另一把钥匙
85　　　 大师的学生
118　　　身旁的某个地方

边　境

　　这个故事刚刚发生不久,就在昨天。所以,现在我似乎不是在记叙这件神秘的往事,我的记述几乎是这件秘闻的一部分。我把这篇短小的作品献给一个女人,一个我所迷恋、热爱并且无望获得的女人。我们在边境上一个叫阿尔的小镇见过一面,在镇北边的一座圆木桥上,我向她介绍了我自己。"热内。我叫热内,一个流浪汉,一个在监狱中写作的人。"她知道我这是一种类似隐喻的说法。她告诉我,在稍作逗留之后,她将越过边境,到另一边去。从圆木桥上可以眺望边境对面的小镇,它的街道和行道树以及半开的窗户清晰可见。"热内非常爱你,你记住这一点。永远记住。"我们在暮色中拥抱了一下然后道别。"你读过热内的作品吗？"她最后提了一个问题。"我会给你取个你所喜欢的名字的。"

睡眠往往扰乱了我的记忆，她在我昨晚的梦中似乎有三个名字，分别预示着距离、友谊和绵长的追忆，她叫桑。乔治·桑。从见面的第一个瞬间起，我们就用眼神约定玩一个纯粹小镇式的边境游戏。

"我从未读过这个法国女人的作品，它远离我的生活，它从未对我产生过影响。"我觉得乔治·桑这个名字对她非常合适。我四处漂泊描写囚禁的幻想，寻找友谊和异性的关怀，我不是一个至善者，我只是一个怀疑故居的人。我的作品全是随笔，它们属于白天和思索，从最初的一刻起，我就将诗和内心深处的黑暗排除在外。我独自一人，从远处倾听人们的谈话。我发现边境对我不是一个极限，所以我不越过它。这些我在桥头告别之前都没有说出来。我冥想着回到旅店我的床铺上，一节废弃的卧铺车厢，它最终也没有开动起来,把我带向远方,我在夜晚入睡之前是多么希望这个生了锈的铁匣子将我带离阿尔。

昨天下午,我就看见她从窗前的阳光下走过。她的额头上冒着细密的汗珠,双手插在腰间,非常疲劳的样子。从我的窗口望出去她就是这副模样,我不知道有人在替她拍照,直到后来在圆木桥上,她也摆出很自然的样子。"我将越过边境,我在这里只是稍作逗留。"

我没有读过热内的作品,当然我有一次在书店的书架上看到过他的戏剧作品的译本。不过那会儿我没有心思从书架上取下来读上几页,通常我总是有这兴致的。我不知道原因。反正我错过了接触热内的机会,那天天气挺好,和风拂人,没有什么令人沮丧的念头。

我力图使她相信我就是热内,因为我名叫热内,这不是什么恋情的开端。在边境上谈这些令人莫名其妙的事情是不合适的。

"但是我爱你。"我们在桥上告别,她说她要等到完全暗下来再离开。我看出来她喜欢桥上的风景,我还看出来她喜欢独自一人。

我们很久以前就认识,热内和乔治·桑是我们互相给对方起的绰号,我们在一块儿玩过许多游戏,桑真是一名好伙伴。但是非常可惜,如今她不在了,她越过了边境,我不得不独自玩游戏,以此来怀念她。

我不是有意要把她与克莱德曼演奏的曲子扯到一块儿,我挺喜欢克莱德曼的作品,收集了许多他演奏的录音制品,我常听,其中一首是《小妹妹》(LAORELLIMA)。典型的克莱德曼音型,温暖而明朗,一如我的这位惹人喜爱的小朋友。

许多年前,我随父母亲搬进了新居,结识了这位留着披肩长发的小朋友。那时候,她还是芭蕾舞学校的一名学生。她在那个坐落在郊区的院子里待了十一年。每当星期天她从学校回家,我们在楼梯上互致问候。后来,她有时外出演出,比赛。再后来,她去了南方。这样每年过年她回家探亲，我们又在一块儿聊天。

她长大了，写了许多诗，在她的书桌上放着戴维·劳伦斯的小说，她很风趣地评论她的美国老师和韩国籍老师，她给我听她转录来的打击乐和微量音乐作品。当然，她依然喜爱肖邦和克莱德曼，依然爱穿漂亮的打上许多褶子的裙子。有人邀请她去欧洲留学，她的芭蕾非常不错，但她去了南方的现代舞学校。

她曾经两次邀请我去看她的演出，其中一次是毕业公演，但我都没有去成（我不记得是什么事情耽误了我）。我想，她是有点儿生气了，也许还不止一点儿，我只能向这位年青的舞蹈家表示歉意了。我想这样的机会不会在我今后的日子里再出现了。后来，我在一份杂志上读到了她写的诗，我像看一次演出一样看待这些诗作。

当然，我在阿尔遇上的不是这个桑。将要在阿尔出境的只是桑的摹本。这个桑总是指责我的想象,就如批评家批评我的小说。

昨天晚上,在我入睡之前,阿尔镇的一个鞋匠来找我聊天,他以请我喝酒作为诱惑,迫使我从床上重新爬了起来。

我们在黑乎乎的街道上急促地走了一阵,仿佛是去赶一场快开场的电影,而不是上酒店去。一些强悍的马匹在一些同样强悍的马夫的牵引下与我们同行。鞋匠将他们一一介绍给我,这马夫是热情而又粗俗的,但他们的马却表现出不随时代演变的古典风姿。我本来打算在床上躺着思念桑的,可马的鼻息使我忽然倾向于在酒精的刺激下接触她了。

桑说得很明白,我的全部游戏都是"布尔乔亚"式的。这使我显得优柔寡断,缺乏意志力。"热内,"她说,"你既不锻炼你的思维,也不锻炼你的肌肉。你想长成一个浑圆或者正方形的东西吗?"是的,这样的形状适用于牢房和户外雕塑。我们所居住的那幢房子的底层,有一条狭长的走廊,梅雨季节，我们偶尔会在走廊里玩跳马，我们从远处奔跑着冲向对方，然后越过对方驮起的背部。当然，我失败的次数要多一些，因为在最后一刻，她总是狡猾地增加了她的高度。

　　我花了整整一晚上陪鞋匠喝酒，我呕吐了一次，然后被一匹马驮着送回到我的床上。我每一次接近桑都像喝醉了似的感到她有三四个形象。她们时而重叠，时而散开。当草丛中的蝴蝶开始穿梭于夏季之前的安谧空间时，我清晰地意识到，阿尔和桑正是我这短暂的生命所迷恋的。这个边境小镇和这个神色匆忙的女人似乎有着一个秘密的契约，她们在我的心目中互为形象。这个在晨曦和暮色中来往于阿尔小镇的神秘女人，她的脸上带着遭到爱情唾弃之后的暧昧的神态。我想她可能会带着一匹马和一些食物离开阿尔，离开她的皮肤曾经稔熟的雨水和微风，她要越过边境，沿着命运在她的内心划下的痕迹消失在边境的那一头。她的忧郁的肩头在阳光下闪闪发光，她的行囊中满载着她的家庭的故事，这使她的周身散发着醉人的芳香。

桑是我曾经热烈地爱恋着的人，她的身体有着水和灵魂的气息。我幻想着再一次与她在圆木桥上相遇，那个地方非常适合谈话。

紧接着睡眠的是一个晴朗的日子，起床以后，我仍然选择了昨晚去过的酒店，作为我的第一个去处。那是从小镇去圆木桥的唯一道路。我在那儿几乎坐了整整一天，盼望着能在窗前看到桑的身影。我让我的思绪陪伴着我消磨时光。在某一个瞬间里，店堂里来了两个面色苍白的男人，他们从落日时分一直闲坐到午夜。两个间或低声交谈几句，但他们悠闲得几近神秘的神色使他们在壁灯的暗影里显得高深莫测。其中那个始终没解下红色围巾的男人似乎非常喜欢室内轻轻放送的乐曲，他常常在两支曲子的间隙里露出若有所思的神态，另外那个年长些的男人则不时透过窗户令人略感不安地打量街对面的一幢幢层楼的住宅。他以一种感慨而又忧虑的目光感染了酒店内的其他人。

年轻但神色疲惫的店主在柜台后面漠然而立。这是个无忧无虑的男人，他的悲剧演员般的容貌似乎是用来遮盖平淡无奇的日常生活的。他替一个秃顶的中年男人兑完了一杯酒，然后继续发呆，他似乎在想，这两个男人似乎是在等候什么人从对面的楼里出现。

时间随着酒和音乐流逝，夜已经很深了，我喝得不少，并且已经记不清我来这儿是干什么的了。年轻的店主在柜台后面结账，他在暗示我们该离开了。这时桑推门走了进来，她朝那两个男人看了一眼，然后，到我的对面拉开椅子坐了下来。"你这一整天都在干什么？"我问她。

"我花大量的时间睡觉。"

"你没有梦见什么吗？"

"没有。"

而我几乎在睡梦中见着了我想见的一切。这一点我也没有对桑说。

"你知道吗？"桑神秘专注地对我说，

"大约有一百年时间,没有人从阿尔这地方过境了,更不用说一个女人了。边境上的那条河在开始逐渐地裸露出她的河床。已经不可能依靠渔夫的筏子过河了。你必须像进入沟壑似的攀缘而过。"

"你听我说,桑,我不打算过境,当然,这是仅就我个人而言。"我知道,我这话令她大吃一惊。是啊,一个不过境的人只身跑到阿尔来做什么呢?难道阿尔是什么古迹,或者我想使自己的光临令阿尔成为一处名胜吗?

"我希望你理解我。"我恳求道,"我是一个作家,你知道这类人总是有一些稀奇古怪的念头,这些人非常悲惨,在边境上这一类人非常之多,他们终日幻想着,他们非常饥饿,他们东游西荡,他们喝酒,他们与水手交朋友,他们是一些真正的孤儿,你明白吗?这就是我滞留在阿尔的原因。我需要这里的阳光,街景,行人脸上的笑容和他们交谈的声音,我需要和这些陌生人待在一起，这我已经说过了。我想象你是我以前认识的一位女友，原因就在于我不了解你，我需要这种不了解所带来的渴望与距离，而阿尔就是最合适的地点。"

"你说你叫什么？"

"热内。"

"好吧，热内，我想这个名字对你一点儿也不合适，你另想一个名字吧，选一个合适的，那样我想也许我会感到比较适应。"

"名字是我随意挑选的。"

"那么地点呢？阿尔也是你随意挑选的吗？你还随意挑选了什么？你的血型？鞋子的尺码？种族？旅行工具？国度？所处的时代？那么你为什么不愿意过境呢？"

"只有酒我是认真选择的。"

有一些死者会一再出现在我们中间，而另一些死者则从不露面，这是一个一般法则。这一点我想早就知道。桑就是这一观点的拥护者，每当我们在一起度过一些假日的时候，她会在房间舞蹈着转圈。她给我演出一出舞剧,所有的角色都由她一人扮演,剧名叫《鬼花园》。剧情大致是这样的:落水鬼典是阉人俱乐部的核心成员之一,人们只要有兴致就可以在阉人年鉴的坚毅者一栏里查到他禁欲的事迹。他曾经非常友善地在诵经处和恋人讲习所供职,他把业余时间的主要精力全都毫不犹豫地花在充任偶像大本营的秩序纠察这件事上,他的鲜为人知的隐秘愿望是按照他自己创作的一部意识流小说建造一座规模宏大的梦游者图书馆,他死亡的年代无以推测,反正是通过一条忧郁的河流一头扎进了鬼花园。他一度在流浪者风格学院进修诡辩术和催眠术,并且在圣女列车上十分可疑地工作了若干年,据传是位极受赞誉荣获过各类大奖的模范……

  舞剧开场时,典正焦急地守候在鬼花园的中央大道上,他在等待酒鬼和疯鬼的到来。他们将一同前往隐私馆策划通过催眠公寓顶层的灵魂寄宿处的气窗,进入设置在平台上的暴力操场,从那里重返人间,他们此行的目的是抢劫仁义中药铺,因为店堂里的阴气吸引了他们。随风而来的是形体透明的火葬论者,他刚和崇尚健身运动的土葬论者在恳谈者协会的昏暗的大厅里争论了一个下午。接着上场的是废墟门房讨债鬼……

桑旋转着犹如一个精灵,我是说在我的记忆之中她的身体就是她的灵魂的语言。

"你喝得太多了。"我听见桑在出门时留下了最后一句话。

"请你给我解释一下,"我对酒店老板说,"她为什么要到另一边去?是因为我爱她吗?"

现在,我认识到这一点,酒是一种促进内省的液体,而女人则是我们心灵的外观。爱欲是一种抽象的期待,身体的接触则是一种越境行为,归宿感从属于期待的心情,拥有只不过是强行占有的别称。寻偶行为永远披着浪漫的外套,而情感的交流只不过是死亡的一次彩排。

但是阿尔是什么?我留下搜寻阿尔的含义。

随着时光的流逝,阿尔会成为一种回忆,它不过是一处边境小镇,一座圆木桥和一家酒店,一片田野和一节废弃的车厢,桑和我以及难以诉说的离愁别绪。

桑可能是一名演员或者职业模特,她随三名摄影师来这个边境小镇工作,那三名摄影师中有一位年长些,另一位老爱围着红色的围巾,而余下的那一个就是我。

我的两位同行显然是迷上了酒店对面的楼房。他俩让桑穿着农民的服装,神神鬼鬼地绕着楼房忙了一整天。他们是那种成功的摄影师,每人都有着一整套理论。而左右着我的永远是这样一个画面,近乎透明的灰色天空下,有一个身单影只的男人正在穿越空寂的广场,微风吹起他的衣领,这个人只与他的梦想做伴儿,他在房间里高声说话,让自己的声音陪伴自己。这个意念平静地激动着我,使我感到有可能拍下上帝的背影。

傍晚的时候,我在圆木桥上等桑。

阿尔傍晚的景色是我无以描绘的,它的

静谧和它的惊人的美联系在一起,我甚至感到照相机的机械声都会使它趋于毁灭。在天色完全暗下来之前,桑拖着疲乏的步子向圆木桥走来。

"热内问候你。"我说。

"你老想用悲惨的故事来打扰我。而我已经帮你想好了新的名字。"

"没想到叫那两个傻瓜折腾了一天你还能思考。"

"难道你还没有意识到热内这两个字念出来时是很难听的吗?"

"我并没有坚持非叫热内不可。我只是感到阿尔这个地方不对劲,你非得用一些奇怪的声音来打破这种异样不可。你不认为是这样的吗,桑?"

"噢噢,你可千万别爱上我,热内,我只是在这儿吗?我烦透了,噢,你拥抱我吧,别再让我说这些没意思的话了。"

"好吧,让我们开始工作吧。乘着天还没黑。"

"噢,等等,风把我的头发吹乱了。"

"让风吹吧。"我对自己说。

"你听见没有,热内。"她在风中做了一个舞姿。

我出生在南方的一个沿海城市。它的潮湿的气候和稠密的人群给我留下了终生难忘的印象。我在那里读书,写作,交友,倾听善良的人们的相互谩骂,观看无耻之徒的勇敢的械斗,我进出各种楼房和院子,拜访,做客或者找人消磨时间。那些为食物、名望、性欲所折磨的南方人轻易地让流转的时光带走了他们皮肤中的水分和他们眼睛中的光芒。他们的秘密的故事和留在大街上的匆忙的身影给摄影师这一行业提供令人艳羡的素材。我的照相机镜头前经常出现的是晦暗的场景和粗陋的坐姿,它的影像上的虚弱无力与它的庸俗的生动性相互辉映。他们的嘴唇和他们的无助的神情流露出对食品和情欲的迷惘之情。他们不再议论上古的传说和秘闻。他们像一些加工粗糙的罐头被贴上各类标签，发往各地，譬如，阿尔。

在这中间，桑的情况与众不同。她出生在一个泛神论的有着众多兄弟姐妹的充满了感情纠葛的小知识分子家庭，她的趣味和爱好深受她的喜怒无常的母亲的影响，而她的革命倾向则是她的性情温和不动声色的父亲所培育的。值得提请注意的是，这种分析全部出自桑本人之口，与我没有半点关系。这并不是说我有什么特殊见解，只是我已厌烦了这种颠来倒去无聊透顶的分析。当然，任何演员跟他的角色在一起待久了，都避免不了这类令人沮丧的结局。

晚上十点左右，桑跑来敲窗户。我不反对她上我的破车厢来跟我喝一杯，通常女人在喝了点酒之后都非常精彩。

"把一个边境小镇叫作阿尔是没有根据的事。"桑天生对所有的虚构抱有反感。

"剧本是这么写的。"

"我直到现在也没有弄明白到底是怎么回事。"

"你认为有必要吗?"

"有必要!更何况把这个地方叫作阿尔没有一丝一毫的道理。再加上桑和热内这两个莫名其妙的人物。我认为背景应该确凿,应该有人生活过的痕迹,人物应当有历史,有准确的历史。最让人受不了的是这个该死的剧本居然要你我体现一种我认为人根本不会有的所谓陌生的隐秘激情。"

"你不认为这本身就是一个玩笑吗?你不认为是因为你太当真了,所以它才显得那么不真实吗?"

"难道你是说真实感必须通过虚假的表演来达到!"

"我没说,我的意思是我已不想再谈这个话题了。"

"那么好吧,谈什么,谈那两个摄影师吗?好吧,我先谈。"

桑完全喝醉之前,描绘了"摄影师"的容貌、性格、年龄、职业、爱好以及婚姻状况。她颠三倒四,乱说一气,一会儿这两人是一对夫妻，一会儿他们又成了某部影片的导演。但是，他们更多的时候是她过去的情人或者说第一个男人。他们写剧本，赌钱，到河里游泳。他们有时候戴眼镜，有时候又不戴。

"好了，该你说了。"她好不容易才停了下来。

说实在的，我认为他们两个人是一个人，如果他们同时出现在一本书里，那是写书的人把他们当作两个人来写的缘故。他们年龄相仿，趣味相投，可以在一块儿就任何话题没完没了地说个不停，也可以默不作声，相视而坐。他们被一同塑造出来好在现实中彼此形成一种关系，为的就是看看有多么孤单。从理论上说他们是同性恋者；从剧本的角度说，他们是无足轻重的配角；从我面前这个喝得醉醺醺的女人的角度来说，他们是强奸犯；从哲学的层面上看，他们是局外人；从金钱方面来说，他们是我的老板；而从我的角度来说……当然，你得先弄清楚我是谁。

剧 院

> 她一直在抽象地,几乎是无缘无故、仿佛与她本人无干似的寻思着,人们是怎样花那么长时间离开一个房间的。
>
> ——理查·鲍希

在接到亚男姨妈的来信之后,俞舟犹豫了很久,他一直不能肯定自己是否真的对这件事感兴趣。他倒不是认为这类事情有何蹊跷之处,只是从直观上感到一丝不妥。但最终他还是给对方回了信。告之,九日寄自澳门、二十七日寄自吉隆坡的两封信均已收悉,只是不明白为什么要写两封内容完全相同的信。俞舟甚至认为从吉隆坡发出的第二封信是前一封信的一个副本。再看，亚男这个名字倒像是某部当代中国文学作品中的人名，他恍恍惚惚地觉得，信件和信中所托之事都是虚构的。俞舟宁愿他的"委托人"是一名男士，这至少可以免除他在复信时斟酌词句。而现在他多少有点儿给"海关"写信的感觉。俞舟请对方特别注意自己的"处境"。他并不是一名律师，如同对方并非自己严格意义上的姨妈。他撒谎说，他接受"委托"完全是为对方的言辞所感动，实际上，在他寄完信，在邮局闹哄哄的大厅里转悠了一圈之后，他也不能确认自己接受"委托"的理由。从理论上说，是一笔可观的报酬和可笑的好奇心起了作用。但正如他按来信的请求寄出的一张全家合影中他那一米九零的个头所呈现的那样，他基本上是只"木偶"，他对事物的态度一般取决于他的反应迟钝和他的冥顽不化。他的父母，照片上坐在前排的一对老人，完全的仁慈、疲惫和冷漠。从客观上很难推断他们渐近晚年时的心境。滞留在照片上的那一星半点若无其事的神态，仿佛这表情来自一个人数众多的集体，一种世袭的精神上的绶带，某种因为年轻时秘密约定而产生的迹象。相形之下，俞舟和他的两个姐姐在盲目的热情中隐蔽着更多的憔悴，令人联想到在窗前阳光下冥想并且日渐老去的人，而非因户外空气的召唤蜂拥而出的人。他们的精力未经消耗便已消失殆尽。总之照片上的人给人的感觉不是睡眠不足便是睡眠过度，是日常生活失控导致了外表上的浮肿和营养不良感。不过，这张摄于七十年代末的黑白照片风格化地呈示了照相馆从业人员的漫不经心和无可奈何。它与那个年代留给俞舟的记忆在色彩上是一致的，物质的匮乏和精神方面的某种餍足和谐地统一了起来。这种东西至多能够唤起睹物思人的黯然，而不是喟叹岁月流逝的伤感。

俞舟不能理解亚男姨妈索要一张全家合影的用意。这位寓居美国多年，通过前后两次婚姻聚积了不少钱财的老年女人的情趣，需要张爱玲和於梨华之间的某人代言。俞舟私下揣测,她只是一般地了解一下,类似警察取证,例行公事,没有什么寓意。俞舟一直隐约有一种想法:信和照片这两样东西具有若干相同的属性,犹如实验室里的试管,文字和影像则是某种极易蒸发的东西,它是不稳定的,也是容易散失的。拆开一个信封,一如在曲颈瓶下点燃一盏酒精灯或者联通一连串的电容,许多东西都被改变了。

亚男姨妈的信写得极为平静,所托之事也就是请俞舟前往医学院路一一五号看看那所带花园的老房子。它现在归一家剧院使用,而她则在考虑是否要收回这所房子。她坦率地告诉俞舟自己从前是个妓女,而这所宅院是一名马来西亚船长的馈赠。"我离开祖国快四十年啦!"她在信中写道。俞舟看着一名前妓女写下的"祖国"二字,心中不免感到一阵茫然。概念是重要的,它便于人们寄托和延展思乡之情。人们在惊慌失措或者意气消沉时最容易求助并依附于崇高的概念，除此而外，那么很可能是用心险恶。若是一个能够轻易区分感性、知性、理性这类黑格尔式的概念的人，通常是使用更多的概念而回避它的含义。

　　来信的笔迹显得沉稳老练，仿佛出自男人的手笔，字里行间，恪守所谓"有点方为水，空挑即是言"之类的古训，仿佛书法的美德是足以克服早年沉沦生涯的痛苦，以一种循规蹈矩的方式传达出似有若无的伤逝情怀。

　　俞舟走出邮局，向马路对面的一条岔路的拐角走去。他在一家小食品店里买了一份很便宜的面包，花了三角五分钱。他在等待亚男姨妈的汇款，这样他就有机会去泡泡酒吧一类的地方，享受一下闲适之情，真正体会一下消磨时间的滋味。他一路走一路吃着面包，好像是储存的时间长了一些，面包渣从他的齿间纷纷掉了下来。这条岔路不通汽车，两面都能远远地看见路口不时掠过的车辆和行人。街道约有两公尺宽，两旁没有行道树，沿街的人行道上堆放着零星的建筑材料，有几处的水泥已与路面结成一体。近午时分,行人稀少,倒也有几分宁静的感觉,一时令俞舟联想到将去探访的亚男姨妈的故居。

俞舟曾经从他母亲嘴里听到过有关那一带的情况,医学院路是一条僻静的街道,行道树是那种常见的法国梧桐树,那条街上除了一所医学院附属的产院外,其余的建筑都是民用住宅,中途改变用途的只有亚男姨妈的那所旧宅,错落杂陈的房屋院子虽说各有特色,却也没有更多的可供引述的奇异之处。后来因为政府征用了亚男姨妈的旧宅,这条街上来来往往的行人才多了起来。构成剧院的那些年龄、容貌、姿态各异的男女演员们,进进出出的,虽说多了些声息,也并未破坏年代颇久的那份静谧感,倒是伴随着几度生育高峰的降临,医学院附属的那所产院变成了一个闹哄哄的地方。产前产后的妇人们多少都带有几分惊惶和得意,于是这条街上平添了许多尾随其后的邋里邋遢的男人,接着迎送产妇的轿车也开了进来,自行车停放站也由一对面目相似的老年妇女管制起来，街口出现了小贩设置的各种小摊，产院斜对面一户人家剖开临街的墙开了一家小百货店。总之，喧哗和嘈杂来临了。

星期四，一个风和日丽的日子。俞舟作为医学院路一一五号原房主的私人代表访问了这所剧院。

俞舟在市中心的广场附近换了一次车，他赶到剧院时，已经临近中午。他在剧院门房一个破破烂烂的本子上签了自己的名字。在来访事由一栏里，他即兴填道：访问。守门人是一名眉目清秀的年轻男子，他以一种无法形容的古怪方式吸着香烟。他似乎不经意地扫了一眼登记簿。"今天下午没人接待你，大家都去看电影了。"

"一个人也没有？"俞舟试探着，他难免有些失望。

"有个鬼呀？告诉你没有人了嘛。"

"我可不可以在院子里四处看看？比如，那边的草坪。"俞舟向他扼要介绍了一下原委,然后小心翼翼地提出一个请求。

　　守门人对剧院的未来命运没有多大兴趣,他依然慢条斯理地吸着烟。"看吧。"俞舟感到微微有些不快。一些人漫不经心踞守着的恰是另外一些人日夜思慕魂牵梦绕的,而两者都与自己没多大关系。

　　俞舟穿过一条水泥铺成的甬道,走到洒满阳光的草坪上。在中午的微风吹拂下,四周显得十分安静。草坪面对着正中央的楼房,从楼里的任何一扇窗户都可以俯视草坪。楼房的底层筑有游廊和浮雕式的廊柱,两旁的耳房朝外微微突出使建筑的正面形成一个向内略凹的弧形。俞舟朝前走了几步,以避开顶层房间那扇玻璃窗的阳光反射。他注意到,大多数窗户都蒙着灰尘,或厚或薄,有一种遭人遗弃之感。整幢楼房给人的感觉更像是一个堆物的暗室或是一条无人照料的走廊,或是寻找一个更接近剧院的比喻,是一处被废弃的某个著名场景的局部。楼房的结构看来没有被改动,只是每一个房间已被挪作他用，一家剧院以一个家庭的方式蜷缩在这幢灰色的砖石大楼里，体会着艺术并且暗暗联系着早已让岁月捎走了的楼房主人的更为暗淡的人生。

俞舟离开草坪，朝楼房走去。他看见底层正中间的那扇落地钢窗敞开着，里面沿墙置放着落满灰尘的沙发和一架立式钢琴，令俞舟感到那是一处偶尔被用来开会的仓库。褪了色的护墙板以及东倒西歪的招贴画透露着艺术家的漫不经心，或者就是他们孤苦处境的一个写照。

俞舟走进房间，灰尘就在他脚下轻轻扬起。地板上印有串串脚印，喻示着剧院杂乱而匆忙的生活。穿过房间，进入一个过道，他朝四周观看了一阵，便向一扇开着的门走去。这是一个厕所，也许是因为经常使用，里面还清洁，抽水马桶内飘出一股淡淡的樟脑丸味。"你找谁？"俞舟吓了一跳，一个年轻女人正对着厕所的门一动不动地站着。

"我是……"俞舟回想刚才是怎么跟门

房解释的,"我在门房登记过了。不是说,所有的人都去看电影了吗?"

"我最讨厌电影了,简单地说,你找谁吧?"

"如果你是唯一没去看电影的,就找你吧!"俞舟看着她的明亮而又略带疲倦的眼睛,微微产生一丝好感。他将自己此番造访的来龙去脉叙述一遍,然后,上来等候对方的话。她的脸上依然带着倦意和一丝愉快的神情。"你想知道什么?"

"一切,或者说你知道的有关这房子的一切!"接着俞舟又补充说道,"我会考虑给你报酬的。"

"报酬嘛倒不必,你可以请我喝杯咖啡,怎么样?"

"好吧!"俞舟多少有点无可奈何,"我还想看看房子的内部,你能做个向导吗?"

她点点头,便领着他在楼内转悠起来,她指指这个、戳戳那个,讲起话来口气坦率,令并不熟知的人不存什么戒备之心。俞舟心想她一定是个演员，虽然长得不怎么漂亮，却也不乏吸引人的地方。她语速很快，神色坦然，但身上隐藏着一些令人不安的东西。仿佛她随时随地会改换说话的腔调，脱离她扮演的角色，暴露出另一种令人气馁的老于世故的面容。

"你是做什么的？"她在一条过道的尽头停了下来，使劲一顶一扇满是灰尘的小门。

"我不是告诉你了吗？"

"噢，对不起，我是问你的职业。"她终于将门打开，俞舟跟着她进入一条更窄的楼道，他们向下行走，经过一扇通厨房的小门，折向建筑背面延伸出来的部分。

"我做的工作可能不太好明白，我是测地下水位的，为了防止地面沉降，必须不时往地下灌水。"

"听起来这工作责任重大。你来参观一下我们的宿舍，据说从前这是佣人住的地方。"

"地面沉降不是发生在一夜之间的，如果现代工业过度依赖于地下水的话，按照每年百分之……这地方看上去挺潮湿的。"

"这房子收回去派什么用处?"

"也许房主思念故乡,不外乎叶落归根一类的念头。"俞舟在她递过来的一把木椅子上坐下,他身旁的窗台上放着一碗僵硬的米饭。"你养猫吗?"

俞舟看见她眼睛一闪。"没有。"

沉默一会儿。"能知道你叫什么吗?"

"徐石。"她说。

"嗯嗯。"他尴尬地说了一句。

"挺硬的吧?"他见她表现出明显的心不在焉,便起身告辞,出门时,他指指窗台上的那只搪瓷碗,"这米饭有点儿味了。"

"一直是这样的。"她送他出来,看着他在门房的本子上签下离开剧院的时间。"你挺守规矩的。"她评论道。

"习惯而已。"他开玩笑道,"这样才能知道城市什么时候会淹没。"

"就像科幻小说?"

"不完全是,只是个人的一生无法体会

和观察到。"

"那要多长时间？"她显出蛮有兴趣的样子。

"稍稍超出我们的想象。"他觉得自己这话说得非常得体，像一个成年人该说的，而且不乏成熟男子的幽默。但是隔了一会儿，当他在市中心的广场附近等车的时候，才渐渐觉得这话说得有点儿暧昧，似乎包含了若干卖弄的成分，不像陌生人之间惯常的那种交谈。他隐隐觉得对方会因刚才的谈话而困扰，在智力上产生一种受辱的感觉，又好像是有色人种因为肤色的原因在人格上受到了侵害。但仔细一想，那位女演员又不像这一类人，她对周围发生的事全都具有基本的几乎是身体的反应，她是直截了当的。俞舟这样回想着，觉得自己的访问算得上是成功的，虽然没有获得多少实质性的结果，但与他本人的内在感较为吻合。他恍惚觉得，他此行就是为了结识一位陌生人，只是在此之前，他本不曾设想是一位异性。

黄昏时分，徐石的一位女友上剧院来找她，两人到院内草坪边的那棵紫槐树下闲聊。她的女友是一位会计师，目前正在一所会计学校进修，以期获得一张大专文凭。她从包里翻出新买的袜子和一支唇膏给徐石看，还告诉徐石她在商场里被一个戴呢帽的中年男子骚扰。

"戴呢帽？"徐石笑了起来，"这季节不是早了点？"

她的女友也笑了起来，还朝她眨眨眼睛，仿佛两人对事情的神秘之处心领神会似的。笑了一阵，女会计师黯然地说："说实在的，我一点儿也不吸引人，那家伙还是跟了我老半天。"

"你自有动人之处。"徐石插了句。但是并没有下文。她独自沉默起来，恍惚间忘却了身旁的女友。紫槐在晚风的轻拂下发出阵阵索索声，使逐渐昏暗下来的院子显得有些清冷。徐石建议回屋去坐，两人便起身离开了草坪。

剧院自有其神秘之处。这幢建造于二十世纪二十年代的西式洋房,在一九四九年之前是一个悲惨阴冷的故事的演出场所,进入五十年代它变成了策划上演虚构戏剧的舞台。俞舟在提笔给亚男姨妈写他的第一份摘要时这样想。楼房完好如初。虽然使用者改动了内部结构,但是极其有限。各个房间的门依然如故,陈旧破损是免不了的。但是窗户全都被替换掉了。俞舟接着注明,不仅仅是窗户玻璃。从环境看,它已不再具有当年那份清静安适之感了。俞舟建议,如果姨妈是想在故乡获得一处居所,还不如另觅新址。假如回忆和金钱这两方面都是必须考虑的因素的话,那么,他便前去剧院具体接洽。不过,他补充道:在今天看来,这个地方更适宜故人凭吊往事,真要使用的话,倒不如租出去给人作办事处一类的场所。在这种楼房居住生活的家庭似乎已经不存在了,至少它是分裂的。

俞舟使用他那九成新的飞鱼牌打字机打

出了信封。在他用透明胶封信时，不禁又为自己在信中写下的劝告感到不安。他觉得自己给出了过多的评价而不是资料。仔细想来去了一趟剧院几乎是一无所获，他并没有得到什么实质的材料、协议或允诺。俞舟不明白为什么据此获得了一种收获感，他询问自己是因为某个叫徐石的女演员吗？不是，这种只能导致想入非非的敏感不会令自己产生完满的稳定情绪。那么，是什么？是草坪上的那一阵晚风？这未免也太荒唐了，像风一样飘然而至的好心情也会风一样飘然而去。更重要的是，亚男姨妈唯一不需要的恐怕就是劝告和建议了。

俞舟将封好的信封放进抽屉。他决定再去一次剧院。如果依然空手而返，那么就把信寄出。他隐约觉得这样做虽然不够明智，但就他本人而言是恰当的。

前一天在草坪上的谈话多少使徐石有些意气消沉，这种情绪延续了一整夜。天快亮的时候，她醒过一次，抓起床头柜上的杯子喝了一口凉茶,然后重入梦乡。她迷迷糊糊地感到微凉的茉莉花茶水在胃里渐渐变暖,仿佛她从那只印有拉斯维加斯小丑图案的啤酒杯中真喝了一口泛着泡沫的保暖啤酒。她隐约记起出售啤酒杯的礼品店,甚至还记得店主插在一辆藤编小车上的一面蜡纸做的红色国旗。在她浏览那一排表情迟钝的玩具兵的时候,她的思绪逐渐从睡梦中摆脱出来,她被自己引导着漫步走向昨天见过一面的年轻人,好像自己是因他而产生忧郁之情……

徐石没有把他与记忆中的什么事物联系起来,这两者毫无相似之处。在她的故乡长春除了挺拔的杨树、南湖公园的垂柳,并没有什么供她借以永久缅怀的东西。在回忆中,她总是在城市的各个街角转来转去,犹如一名执勤的士兵,烦躁、紧张地倾听远处传来的轰轰炮火声。她隐约觉得早晚会离开这个地方,就像战役结束之后的幸存者,掉头远离硝烟尚未完全散尽的战场,或者朝着一个新的充满不祥预兆的地点飞奔。那时候，她是完全盲目的，内心隐藏着激情并带着微微闪现的幸福的预感，仿佛在南方抑或北方，西部或东部的某处有什么东西在等待着她，某种类似疲劳之后的休息或是假期结束后那种充溢在身体内部的跃跃欲试的活力。这一切都是年轻的表现。但是昨天，草坪上的一次谈话就使她改变了整天的心境。变化是无可避免地降临到了她的身上，她的生活中每时每刻都塞满了突如其来的、临时的事件，剧院的走廊里总是有一些吸着纸烟、来回错着双脚、神情似是而非的人。他们朝所有的人投去丝毫不加掩饰的空洞的目光。他们用一种极为夸张的、往往是虚构的方式与人攀谈，他们的大部分的日常闲聊都带有台词的印记，他们对事物的评价是戏剧性的或者说是言过其实的。如果偶尔获取一个片断必然觉得生气勃勃而又抽象乏味。于是，这些不期而遇的人聚集在一起表面上热热闹闹但实际上却是思绪游移，他们共同创造出一种氛围假装门第高贵只是故意庸俗不堪似的。他们打打闹闹,有一大堆重复了无数遍的下流话当作无聊的谈话的调味品,于是,所有的人,全都抽搐似的一阵狂笑。这些自封的电视剧导演,巴望着得奖的舞台剧演员,有学位或没学位的从学院里出来的人以及那些身份难以证实的人给徐石带来了各种各样的事由和层出不穷的新闻。他们互相邀请对方吃饭,对生活采取吹毛求疵的态度并以此来迷惑自己。他们的难以觉察的细微的笑意很少会浮现到面部,甚至在他们喝醉了酒,面孔通红的时候也没有放松他们的讥讽刻薄的对人世的恶意。

  徐石略带倦意地收拾了房间,骑上她的红色凤凰牌女式自行车出了剧院的大门。她在一家玻璃上贴着某次展销会招贴的杂货店里买了些发夹,然后向邮电局骑去。她想给家里挂个长途电话,当她在邮电局那长长的柜台前排队等候的时候,看见俞舟朝她走了过来。他走路的样子有点儿怪,微微侧着身子,好像总在避让着什么人。

他朝她笑了笑:"你好。我来给我的委托人寄封信。"

"我来打电话。"她说。

"你有什么急事吗?"

"没有,没什么事,只是想打个电话。"

"噢。"他沉吟了一声,表示他能够理解这些。

等候打电话的人挤满了大厅,队伍缓慢地朝前移动着。徐石望着这个瘦瘦高高的青年人,心里蓦然生出一丝摇摇晃晃不太稳定的遐想。

等候的时间是漫长的。队伍中的每一个人几乎都是焦急而又木然的,这种气氛弥漫在整个大厅里,像一层看不见的烟雾。一个穿着藏青色崭新西装的年轻人在柜台前与营业员大声争执着,听不清具体的缘由,看上去只是为争吵而争吵,双方都是一副完全无理的模样。两人对骂的声音一浪高过一浪。不知道怎么的,俞舟猛然想起印度影片中尘土飞扬、喧哗嘈杂的集市场面。

"就像印度人。"他对徐石说,"这大概是必然的命运。"

"是人都爱吵吵嚷嚷。"她似乎领会他的意思。

"人们先是麻木地沉默着,然后神经官能症似的吵吵起来,然后便开始东奔西窜,就像一只野兽。这时候他们又有点儿像犹太人。他们做买卖或者离开故乡。"

"我不明白你说的是什么。"她微笑着,并无嘲讽之意。

"人们相互之间不太熟悉的时候,总喜欢说些不着边际的话。"他看着她的眼睛,仿佛是她鼓励他说出这番话。

"而且这是某种征兆。"

两人笑了起来。"现在人人都会说这套话。"

"但是它掩盖了另外一层意思。"

"是什么?"

"人们彼此非常熟悉的时候,说的话就更不着边际了。"

徐石苦笑了一下，对这种观点不置可否。一瞬间，许多念头在她脑海中一掠而过，她的糟透了的刚刚结束的婚姻啦，她喜欢的那些音乐作品啦，她已过世多年的母亲啦，她的无人欣赏的通常是言过其实的诗歌啦。她觉得似乎可以跟面前的这个青年人谈谈这些，但是又无从说起。这种感觉是如此强烈，无处不在，但是又无法显露。

"你看上去挺随和的。"他说。

"我就是这样的。"她的目光越过大厅的人群，停留在临街的那排玻璃窗上。街道的外侧是市内运河微微凸起的堤岸，在污染严重的河面上慢吞吞地航行着各式各样的木船和水泥船，那情景仿佛是一部电影里的场面或者是对两岸的都市风貌的一种讽刺。她想，要是处在一出庸俗的戏剧里，自己会从桥上跳下去，从而使那出并不存在的戏剧在结构上保持完整。他们要说的不就是高潮吗？

"我几乎没有看过什么话剧。当然，"俞舟补充着，"知道一点儿易卜生，但不多。我想我这样的人不在少数,我不知道这是为什么。"

"没有人知道。"但她其实想说原因很多。

如果从眼前这个(在某种意义上的)攀谈者的角度看,自己会是什么模样?

她从故乡来到这个城市,隐约有点儿像从平淡的生活中走进一出戏里。过多的人、过多的梧桐树、过多的灰色楼房、过多的噪音仿佛是为什么人的记忆而设置的。此外,它是那么缺乏动人之处,作为一种素材,它只适合被人们用来互相开开玩笑。在这幕背景前,像是为了迎合自己,她嫁给了一个建筑设计师,那是他的头衔。在举行了一次花里胡哨的婚礼之后,她住进了他的家(不是她的)。当她从他手中接过那把房门钥匙时,猛然觉得自己仿佛是在与人通奸,她深信自己是无辜的,她对自己的错误供认不讳。但是她接二连三地做着蠢事,婚后很快就怀孕了,并且很快就进行了流产手术。她的建筑师除了稍稍有些恼火外,基本上是副无所谓的态度。接着她对化妆品失去了兴趣，她灰心丧气地对待自己日趋失去光泽的皮肤，她意识到她的婚姻失败了。就这么简单。

当她独自一人时，仍然喜欢在日记本上信笔写下点儿什么。那种分行的东西，称作诗也未尝不可。令她吃惊的倒不是她还会在本子上涂抹这种矫情的东西，而是虽然她满心凄凉，但写在本子上的东西还是那么咬文嚼字，华而不实。她告诉自己，也许据此可以再次投入新的感情，尽管早已精疲力尽，但是她需要的只是充分地休息而已。她的健康受到损害，体内伤痕累累，只要想一想，就会有痛楚的感觉四处泛起，似乎是传达一种信息，告诫她要怜悯自己，恰如其分地承认失败，而不是因为曾经莫名其妙地付出感情，就故意地作践自己。

"你看上去和你的实际年龄不甚相符。"

徐石意识到他在端详自己，饶有兴味地揣测自己的心思。"为什么？"

"你沉默的时候,更多的是在思考,而不仅仅是在回忆。"

"那么我看上去是比实际年龄大呢还是小?"

"两者吻合的人是没有回忆的,其余的人各种可能性都有。"

"理由呢?"她进一步追问。

"那些没有疑问,自信能解答一切问题的人是没有回忆的人。"

"你没有回答我的问题。"

"我无法解答,我只是这样觉得。"

"你是想说,你也是两者不符的那种人?"她面带狡黠之色。

"正相反。"

他看到队伍在朝前移动,便匆匆与她告辞,他走到大厅的门口又回过身来朝她站的地方张望了一眼。

她在柜台边侧身站着,仿佛是在微笑。

俞舟的家在市中心的一条旧式里弄里,这里的大部分建筑因为年久失修,均已露出摇摇欲坠的没落之态。门窗的木杠已为风雨侵蚀得疏松腐烂，到处都是补丁的地板踩上去便带来一阵吱吱嘎嘎的响声，老鼠在墙洞和地板夹层间窜来窜去的脚步声清晰可闻。每当载重卡车驶过，地基便毫不犹豫地震动起来，直弄得人头皮发麻，才肯停下来。俞舟是少数身居斗室却又能超然物外的人物之一，他甚至有点儿偏爱这嘈杂亲切的生活。人们在这里婚丧嫁娶，出生死亡，风俗习惯多少都蒙上了一层文化的意味，它的清贫和腐朽，庸俗和奢华混合着，裹挟着人们向前走去。俞舟不为生活中的喜怒哀乐所动，他怀着一种秘密的态度观看这一切，他感到外部世界和他自身内部都隐藏着若干秘而不宣的成分。正是这些成分使人迷惑、哀伤、歇斯底里乃至不朽。他思索着，但从未探究这一切，犹如生活本身就是一份优秀的礼物，如果采用享用之外的某种态度，便玷污了它，使之重归污秽的泥淖。他认识到自己基本上是无所事事的，即使他怀里揣着亚男姨妈的信，跑去剧院办交涉也是一副心不在焉的样子。他的外表把他心里的那点儿事情全给掩盖起来，但他究竟在想着什么，他自己也说不清楚。金钱、女人、奇遇、稳定的生活、冒险、渴望或者垂头丧气地活着，发怒或者竭力使自己恢复平静，这一切散布在他周围的每一个角落，威胁着他，朝他闪烁、示意，呼唤他、打击他，最终使他隐入听之任之的可怜境地。

俞舟在桌上铺开稿纸，试图再次给亚男姨妈写信，以此来协调他与大千世界的关系。他看出这寻访含有多重含义，甚至是一次假想中的自我治疗，把记忆、归宿感、金钱以及亚男姨妈和他自己两方面的期待融合在一起，把对生活的茫然感归结为对生活的妥协。而剧院有点儿类似于一个象征，一个不断变化着的媒介，它恰是一个能令亚男姨妈无可奈何的居所，它给一个女人的出走和返回提供出她所需要的一切答复，它足以满足她心理上的全部欲求。唯有一点，在实际，她绝少可能在那里重新开始安慰性质的生活，甚至作为对她的一种补偿，也是非常渺茫。

俞舟想象着亚男姨妈的模样，为她设计着发型、在不同的季节里衣着的款式、围巾颜色及其质地，她的手提包和皮鞋，她佩戴的首饰，她使用的唇膏，她的细心描绘的眼影所遮蔽的令人伤心的老年妇女的痕迹。

无数次地化妆、补妆、修妆，精心的对容颜的刻画，似乎意味着岁月的延宕。有什么东西在向内心回复，俞舟认为她一定强烈地希望青春能够在身上驻留，她的思乡之情通过对旧居的惦念透露出对流逝岁月的挽留恋慕之意。

如果有一天，她重访那幢已挪作他用的寓所，她会发现她的岁月白白流逝，并没有什么东西在等候她去凭吊。除了她的凄楚之情，对爱情或者早年生活的回顾，那个地点，那个曾经度过时日的楼道、居室、草坪、一草一木、一砖一瓦、每一个拐角、每一扇窗户所折射的阳光都已不复存在。

俞舟心底里抱着这些信念，感情上的原因是促使她收回房产的深层原因，除此之外，都是假象和借口。

逐渐地，他的遐想从一个女人转向另一个女人。这是必然的。为遥远的时间和空间隔开的人物和事件在本质上有着天然的联系，她们各居一隅，只是因为他的几乎是事务性的造访，被百般纠结的思绪宿命地联系了起来。他在内心生活中将她们划为同一类人，在原则上，而不是在理论上。她们自身与她们所携带的有关这个世界的消息令他举措失当。每当着手行使受托人的使命，他就强烈地感到这事的虚假性，体会到处理实际事物的无力感，意识到自己更倾向于背离事件本身的初衷。俞舟心里明白，倘若最终无法解决剧院房产的问题，他反而会获得舒畅有力的感觉。如果相反，这不啻是一次人生的失败，亚男姨妈回到一个徐石必须离开的地方，无关的人就这样被赋予了关系，而这是他无意中促成的。而在他的内心深处，是更愿意以一种陌生的目光,带着一点儿惊讶仿佛观剧似的分别打量她们。也许,这一切,早已被冷漠的世界结构性地寓于其中,而他只是徒劳地试图分辨它。

夜深人静的时候,俞舟走出家门,到街上转悠了一阵,他原想命令自己的思绪平静下来,但实际上,在沿街道行走了一段之后,他变得茫然若失,只觉得心里空空荡荡的一片。他没想任何事情和任何人,什么都不存在,除非他继续履行对亚男姨妈许下的诺言。

他的二姐提着她的小巧的仿皮包赴完约会回家,迎面冲着他说:"你怎么啦?深更半夜的,别是恋爱了吧?"

路灯的光晕淡淡地撒在俞舟二姐的肩上、头发上,她面带幸福的笑意注视着他。这情景使他略受触动,他问自己:"你爱上了谁?"

这天上午,天气晴朗,剧院的院子里堆满了将装运上车的布景和道具,演员们三三两两地在一起闲聊，门房里断断续续地传来电话铃声。一幅最最日常的景象，可以剪下来贴到任何一个人的纪念相册中去，它无声无色，看上去平静柔和，像用平淡的文字叙述的生活，它的广大的悲悯之处，如果不是夸大其词的话，就像贝克特的小说，潜伏着无数动机，与宇宙的细微之处形成对照：爱恋和死亡、流放的欲念和无处可去的行星般黯淡恒定的结局。语言从人们的嘴里轻易地吐出，并没有耳朵在期待倾听。交谈者无所获取，在俞舟看来就是如此。

　　他置身于这群繁忙的陌生人中间，寻找着徐石的身影，他告诉自己，只要她一出现，只要他们相互之间对视一眼，某种东西必然会浮现，他自信一下子就能辨认出来，他不会欺骗自己，这是他唯一的长处。他觉得这些品质在别的人身上也可以找到，这使他产生了一种他代表着许多人的感觉。

　　门房一脸公事公办的神气，在他的注视下，俞舟在登记本上签了名，他是被叫回来补办手续的,这加深了他作为一名不速之客的局外感。"我并不期待与她有什么深入的交往。"他安慰自己。他用目光在院子里搜寻了一番,那些像男演员一样开朗的女演员、那些像女演员一样拿腔拿调的男演员来回忙着。他们冲着电话高声叫喊,使你产生一种整个世界都在喊叫的错觉;有人在人群中分发着什么。大多数人都穿着随便,比较而言,男人比女人更喜欢穿紧身的裤子和鲜艳的上装;其中一个打扮得就像一个要饭的叫花子,好像没卸装就从一出逃荒的戏里直接来到光天化日之下,人非常活跃,气色也挺不错,反反复复说着同一个笑话——对每一个走近他的人说一遍。而每一阵新的笑声都使前面的听众面露尴尬的神色。这些人在皮箱、人造革手提箱、帆布提包和网线提兜中间转来转去,看上去就像笼子里的珍贵的野兽那样又漂亮又烦躁,他们像播音员那样说话:美国。有人马上问:美国怎么啦?尼泊尔。一个登山队被雪崩葬送了,连一声叹息都没有,仿佛啪地关了收音机,他们互相叫着:"亲爱的。"有人忽然唱起歌来,嘹亮的男高音,紧接着一声咳嗽,就像过紧的裤子开线一般。

"你在这中间寻找什么?"俞舟问自己。

这时候,徐石朝他走了过来。她用一块带格子的手帕擦着手,那情形是刚从厕所里出来。

她冲他微笑,亮开嗓门冲他寒暄了一番,仿佛他是一个熟人,把原先留给他的那种矜持的形象彻底修改了。

"你的姨妈,她怎么样?"

显而易见的心不在焉。

"我来送一封信。"

"给我的?"她开玩笑地问。

他犹豫了一下,说不是的,是给剧院,是他的姨妈托他转交的。他为自己编了一套瞎话,清了清嗓子,以一种轻松得近乎无所谓的腔调与她告辞。俞舟走进剧院的大楼胡乱转了一圈,最后在初次遇见徐石的那个厕所的门口停了下来,他从衣袋里取出一封写着烦交徐石的信,团了团,隔着门扔进抽水马桶里。做完了这些,他定了定神,忽然觉得有个问题要问徐石,便返回到院子里。

门房正在给剧院的大门上锁,行李和人群已不知去向。俞舟便向门房打听女演员的窗台上为何要放一盆发霉变臭的米饭。

"这你就不知道了,"门房面露得意之色,"从前这房子的女主人是个妓女。因为和人争风吃醋最终吊死在这幢房子里,有人遇见她的灵魂在剧院里面游荡,还偷吃演员的剩饭,所以才会这样。"

"这房子的事我知道一点儿,恐怕不是真的吧?"俞舟小心探问。

"那谁知道。"

门房也是一副将信将疑的神色。"还有一种说法,说是那女人曾经托梦,要派人来收回这房子。那个人别就是你吧?"

门房哈哈大笑起来,像一个驱魔人那样咧着大嘴。

镜花缘

她管她自己叫骆驼,一种我从未亲眼见过的动物,这既是真实的,也是一个隐喻,但是她到底以此隐喻什么,我也不太清楚。骆驼的形象我是见过的,没有嗅觉,在有关沙漠的电影中、在有关沙漠的照片中、由她手工绘制在一张M'ON THE BUND名片上,那上面溅有鹅肝酱的残迹,小陈平生第一口鹅肝酱的残迹,如今夹在他的记事本中,和骆驼送他的泰姬陵图案的金质书签夹在一起,一份奢侈品和一丁点儿对奢侈生活的回忆。

这个牵骆驼的人曾经对我说,他像许多爱好法国文学的人一样,想拥有一份普鲁斯特式的回忆。我不知道他指的是普鲁斯特所描绘的奢华生活,还是普鲁斯特认知事物的方式，或者从中引申出来的对感情纠葛的受虐狂式的偏爱。

就像他们认识的许多人一样，这两个人曾经如饥似渴地阅读萨冈、杜拉斯和昆德拉的小说，并且将各种两性关系制成索引，在性爱的间隙反复论证。这些论证多半是无效的，任何微小的事物都可以将其击碎。

我认识骆驼时，她刚从欧洲旅行回来，一份法国的商务签证，使她得以在申根协议签约国之间来回转悠。她半开玩笑地对她的情人说，法国小说是一种幻觉，性爱也是一种幻觉，你在巴黎街头或者地铁里转上二十年也不会有一次艳遇，小陈一脸失望地望着她，她没有说什么。

我甚至不记得那个晚上M'ON THE BUND是否有音乐，窗外，外滩正在渐渐地安静下来，对面的浦东笼罩在隐隐的烟雾之中，小陈起身去洗手间，那个性感的混血侍者傲慢地收起她的屁股给他让路。骆驼说她在飞米兰的航班上，见过一名中国男子想多要一杯饮料，一个英俊的意大利空少，俯身微笑着听完他的话，扔下一句NO，头也不回地走了。我想继续刚才的谈话，我说我也想知道为什么。骆驼微笑着说，失望。

小陈的生活总是令我无可救药地想起伊斯特伍德的柏林，或者海明威的巴黎，一种半个世纪以前的情怀，与骆驼的生活貌合神离，如同书中所见，他们在某一点上相会，我以为是爱，其实是物质生活，因为他们平凡的出身，使他们固执地爱着所有具有光华外表的东西。但是在这一切后面，总是有某种东西挣扎着想要跑出来。

就是因为这一点，最终导致了另一个人的出现。

她说她的睡眠是死的，骆驼说这话时，眼睛望着别处，那个地方，超出了她的视野，她睡在她所不知道的地方，无梦，完全的死寂。她希望自己能在睡眠中活过来，哭泣，说梦话，她希望她的睡眠浅一点儿，短暂一点儿，能够不时地被惊醒。我渴望被人打扰，但只是在睡眠中。说完这些她又回到她坐着的这把丹麦式椅子上来，又回到她的矜持的坐姿中来，回到她面前的甜品中。

我知道她说的不是谎话，虽然小陈说她是个满口谎言的人，谎言已使她毫不自知。如果你在清晨坐在床边穿袜子，她会因床垫轻微地起伏而恼怒。她不希望她的睡眠被人打扰，她就睡在离尘世最近的某个地方，而不是相反。

还有人在这张床边坐过，穿过袜子，那种高及膝盖的黑色男袜。他还在这张床上与骆驼相拥而眠，他也不知道自己是否进入过骆驼的睡眠，他的双臂环绕着她，试图用温柔唤醒她，越过现实的边界在某处赶上她，但是，除了她嘴里的烟味，他也找不到今生的印记，她确实是遥远的，比她所说的还要远。

她抽太多的烟，多到时常令他不悦，但她抽烟的样子确实优雅，令人相信抽烟是一件美妙的事情。他与她单独在一起的时候，会彼此影响着不停地抽烟，他抽烟的样子有点儿神经质,他是一个很难使自己平静下来的人,但是看上去他就像一个死人。

当他身处异地之时,他们就整夜地通着电话,诉说着他们永不相弃,骆驼使他感到她是他此生钟爱的女人,她离他最近的时刻,就是在电话里,在她性感的嗓音里,她的遥远的忠诚里。

靠窗的一桌客人,五六个男女,用完餐后,起身到露台上去吹风。两个上海女孩儿热情地走在前面,几个上了点儿年纪的洋人腆着肚子高兴地跟随在后,另两个上海男人拖在后面,似乎是在点烟。

骆驼微笑着也点上一支烟。

她最想去的地方是埃及和印度,古老、神秘、庄严和富人区的金碧辉煌,这些词总是在她的嘴边。与我相反,她所有的想象都来自阅读,不像我总是被图像所迷倒。连她三岁的女儿也是个善于言辞的人,经常说出一些她自己所不理解的话来逗人一乐。但是这两个古国似乎更适宜在梦中存在,骆驼经常去的地方却是西欧诸国,她对这些国家的景色印象不深,记住的全是一些商店所在的街区位置和门牌号码。

那个导游的车夫,那个穿黑色长袜的人,就这样出现在她迷乱的生活中。他来机场接她,大学毕业以后,他们有五六年时间没有见过面,但在感觉上甚至比这更久。他小心翼翼地开着一辆崭新的租来的梅塞德斯,平静地对她说着他的大他四岁的法国妻子,对他习以为常的巴黎景色毫不在意。

在骆驼看来,他在外表上没有什么变化,仿佛是从上海被平移到了巴黎,岁月没有在他脸上留下丝毫痕迹。为什么先老的总是女人?她问他。

我不知道中文该怎么说。他说。

这是骆驼在国外的中国人中听到的常用语。有些男人生下来就那么老,有些男人一生都是个孩子。她觉得他说的是他自己。

他的法国妻子要晚一些才能回来,他们就在桌边喝茶等她。巴黎的阴天令他想起了上海的生活。这几年间,他曾回去过几次,但没有想到要去看她,通过一次电话,导致了现在两人面对面坐在她所完全陌生的地方。

现在在上海可以买到法国产的果茶。她说。这茶叶是我从上海带来的。他说。

在他妻子回来之前,他们说定由他陪她去维也纳,值得一去。他说。克里姆特,那些扭曲着拥抱在一起的人像,痛苦、美,令你难忘。他说他们可以各自分担火车票,而且他不想再开那辆租来的梅塞德斯,他们要坐地铁去火车站,法国的汽油费太贵了。最终,是她负担了来回的车票。

他们在维也纳小住一夜,旅馆的费用也是她出的。加上她在德国的四天。他的裤袋里塞满了各家专卖店的精美目录,和她告别。带你的妻子来上海玩,我招待你们。她说。

她以为这个故事到此结束了,她以为结束是这个故事的结局,而且她自认这是她所要的结局。她忽略了自己的本性,她差一点儿忘了自己是谁。

回到上海以后的第一天晚上,她就梦见了他,他的黑色长袜挂在维也纳旅馆的椅背上,但是只有一只,与那天晚上的情形一样,另一只是在第二天早上才找到的,就套在那只袜子里面,她为此担心了一夜,而实际上那是他的习惯。

在她洗完澡后,他在浴缸里蓄满水,把他擦得锃亮的皮鞋并排放在床前,然后,褪下他手上的劳力士表,小心翼翼地放在右脚的皮鞋里。这才安然睡去。第二天吃早饭时,他解释说,这是他的应急措施,万一着火了的话,他可以用浴缸里的水浸湿毯子,而鞋里的劳力士表,能够使他从世界上任何地方飞回巴黎。能活着回家是最重要的。他说。

她在睡梦中依然觉得奇怪,为什么这一晚上她都在担心另一只袜子,它象征着什么呢?

小陈后来开玩笑说,别分析了,也许是地点在起作用,因为维也纳是弗洛伊德的大本营。骆驼绕口令似的说,维也纳还是维也纳学派的大本营呢。一旦他们开始引经据典，不管是名著还是名牌服饰，两人便都觉得兴味索然，她要的并不是答案，而他每一个事都可以给出一个答案。

那天晚上什么也没有发生，这是令她迷惘的，她不知道自己是失望还是暗自庆幸。她梦见了下雪，不是在维也纳的那个晚上。她在荣格的书中读到过，你要是梦见下雪，就是在和你关系亲密的人中间，有人要死了。

她想什么时候再去一次奥地利，让维也纳收走那些莫名其妙的梦境。

夜深了，平台上有了些凉意，客人纷纷回到桌边，他们的神色中含有些许对外滩夜色的赞誉，那种典型的旅游者的表情，混杂在本地人的复杂的骄傲中。

因为酒精和咖啡的缘故，小陈和我都显得兴致很高，我问了骆驼女儿的情况，小陈也表示很关心的样子。她很好。她说。女孩子很听话，又好打扮，这是我最开心的。我们表示赞同。骆驼的女儿确实可爱。小陈说。

小陈不知道骆驼为什么对自己的生活不满意，她的职位是许多上海女孩子所羡慕的，她差不多每一季都要飞一次欧洲，到各处为她供职的时装公司选购衣物，而且她个人还可以得到店家的优惠，以半价购买她想要的名牌货。但她时常一副郁郁寡欢的样子，像个受气包似的四处行走，要不就是若有所思地领着她的女儿。

她说过她第一次去巴黎时见过的第一家专卖店。她去圣日耳曼广场赴朋友约会，受小陈的蛊惑顺道去寻访午夜出版社，想留个影什么的。在离午夜出版社不远的一条街上，她见到了迪奥的专卖店，朋友告诉她，这里原先是午夜出版社开的一家书店。

朋友领她到拐角处的咖啡馆小坐，并且又告诉她，这是从前萨特和波伏娃经常来的地方。一瞬间，她忽然就起了买东西的念头，而且她在迪奥的门口留了影，手里拿着几分钟前从里面买的手袋。

快过春节的时候，他给她打来电话，告

诉她他就在上海,这次他是一个人来的,如果她有空的话,他想见见她,他给她带来一点儿小礼物。

你来吧。她说。她觉得自己仿佛是一直在等他的电话。

夜里,她起身去卫生间时,特意开灯想找找他的袜子,但她没有找到,她怀疑在维也纳的那个夜晚是她自己记错了。等她重新回到床上,才意识到,他是穿着袜子睡的。

他的手臂又围拢来,她问自己:为什么不是在维也纳,而是在上海?为什么她丝毫没有想到小陈,而是想到了她的前夫,她女儿的父亲?

二十分钟前,她曾经问他同样的问题,他笑了笑说,我不会告诉你的。

我们从M'ON THE BUND出来时,已是凌晨,小陈喝得醉醺醺的,一位小姐在路边倒车,差点儿把他撞倒。大家互相喊了几嗓子,就各自走了。

在黑暗中,骆驼和小陈仿佛是相互搀

扶着消失在拐角处,这就像是一对夫妻的背影,在某一个部分,他们是重叠的,是任何貌合神离的夫妻都有的某种东西,是他们需要挣脱的那种东西。

骆驼以一桌扑克来为他送行。我和小陈,骆驼和他。他坐在骆驼的对面,时常毫不掩饰地看着她,同时毫不费力地精确地打着牌。此刻,他是个十分健谈的人,他喜爱的克里姆特,还有其他我不知道的什么人的作品,他的妻子,领救济金的巴黎人,他的大学生活以及他已经不太适应了的上海的生活。

骆驼若无其事地打着牌,应答着他出的牌,而不是他的谈话,她不时地看看小陈,对他微笑,仿佛没有听见他说的话。

小陈对人们所说的一切总是兴趣盎然,绘画,包括无名者的绘画,他妻子的工作,救济金的数目,他念的大学以及所有的人都在拼命适应的今日上海的生活。

晚些时候,又来了几个骆驼的朋友,把她的小客厅挤得满满的,他们还带来了睡莲,那种盛开后显得湿润、饱满、性感的花朵。

骆驼让出位置给一位小姐,取出花瓶去卫生间盛水。小陈和客人愉快地切磋牌技,他喜欢热闹,喜欢混在一堆毫不相干的人中间。他提出要喝一点儿酒,但是没有人响应,那个将要回欧洲去的人说,他从不喝酒,并且补充说,他也不抽烟,所有不良的嗜好他都没有。这使他更执意地要喝一杯,他摇摇晃晃地站起身来,小腿发软,脸色苍白,赌气似的走进厨房,大家放下手中的牌,静静地等他。

小陈在厨房里磨磨蹭蹭地半天不出来,只有开关橱柜的声音不断传来。

这时,我听见一声轻微的声响,像是打碎了一只小杯子。我们跑进厨房,想看个究竟,但是看见骆驼满手是血地从卫生间里走出来。

我,我,她连连说道,我太难看了。

我们手忙脚乱地围着她,只有小陈和那

个有法国妻子的人静静地在一旁看着。

　　骆驼虚弱地在地板上躺下,左手紧紧地握着流血的右手。有人在说那样止不住血,但她似乎已经听不见了。

相同的另一把钥匙

在一个冬天的傍晚,我收到一封寄自瑞典的信笺。我从信封上那歪歪扭扭的汉字认出了它的作者。

这个人我已经有近十年没见到了。她总是隔了很长时间后(确实难以置信)突然把她的消息告诉我。

她的信措辞热烈。她对我的称呼容易使人产生误解。在信的结尾,除了拥抱之外,还要吻我,这种西方的礼遇尽管令人神往,同时也令人尴尬。

那天正在下雪,窗外的景色显得安静。我打开她的信,寻找这个中学时代的同学的今日芳影。

信封上的地址是用英文写的。我在《世

界各国地图册》上查找她居住的城市。她所在的那个城市似乎叫作法隆。信就是从那儿寄出的。

她说她刚到法隆,准备先上语言学校,眼下正住在一家三层楼的小旅馆里。从旅馆房间的窗户望出去是一个加油站,每天下午都有一个男青年上那儿为他的漆成鲜红色的摩托车加油。她说所以她想到了我。

她让我给她挂电话,但又说电话费太贵,还是写信算了。

为此我去了一次长途电话局,一位小姐请我半夜来,那时候半价优惠。我算了算时差,她正好在什么人家里忙着。当然,忙什么她在信上没说。

在写了一大堆客客气气而又似是而非的客套话之后,这位身居异域的女性转入了正题。

"亲爱的,"她依然用她写了多少年的蹩脚汉字写道,"你是否还记得中学毕业前夕我们的那次聚会?"

我当然记得,因为那几乎可以说是我这

一生中的唯一一次聚会。这会儿我老婆正把我反锁在房间里。

记得也是在冬季。那是十年之前,那天是不是下雪我记不清了。反正天气冷得异常。我们都围着长长的围巾,只有陶然——我的"瑞典朋友"在她的白净的细脖子上围着一条风行于六十年代初期的绒线小围脖。

聚会的地点是陶然的家。房子在一条狭长弄堂的尽头。让人感到又陈旧又安静。

我这样开始回溯往事好像是故意要回避什么。

这么多年我一直在做着同样的事——油漆工和写作《火之书》。

这部书的写作无疑是受了阿根廷人博尔赫斯出版于一九七五年的一部短篇小说集的启示。但故事是关于古老中国的历史的。

那个夜晚我在陶然那间屋顶倾斜的阁楼上焚烧我过去两年间写给她的情书。我亲手把我的纯洁的初恋投入烈火之中。在某个伤感的瞬间我萌动了写作秦始皇焚书坑儒的故事的念头。我甚至在同一瞬间就确定了我的主人公是一位拄杖而行的男性乞丐,他没有生殖功能,是一个四海为家的托钵僧,如此等等。

那个夜晚的谈话令人难以忘怀,陶然用软言款语解释了她对爱情的背叛,并且提出了补救的办法。令我惊诧不已的是她已经物色了合适的人选,甚至还安排了我们见面的准确时间。

我当时为一种朦胧的冲动弄晕了头,竟然对这类精心的策划毫无觉察,只以为是碰上了爱情的奇遇。那个时代崇尚促膝谈心,我们仿效时尚做了彻夜长谈,最后如一对小狗似的簇拥着在黎明时昏昏睡去。

第二天上午九点,当我醒来时,陶然正坐在桌前的阳光中摆弄她的玻璃丝小饰物。见我醒了,她便轻声走到我的跟前,将一把拖着红色玻璃丝编成的金鱼的钥匙交给我。

我将用它在一个星期后的星期一下午打开这间屋子的门,与另一位姑娘幽会。

陶然总是出人意料的，我不知道这次幽会其实是一次陶然安排的聚会，也就是她在信上提到的聚会。我们这些十六七岁的孩子围着一桌子的食品说说笑笑，用盛着啤酒的茶缸碰一碰杯，算是告别我们的学生生活。

那时候我们谁也没有想到在今后不到十年的时间里就有一人死于败血症，一人死于车祸，一人去了乡下从此没了音讯，一人（陶然）去了国外，一个人做了油漆工（这个人就是我）。我们都太年轻，还不了解平凡生活的悲剧性质。我们甚至还没有为什么事情哭过，我们中间的某些人就消失不见了……

这会儿坐在法隆某旅馆的房间里的陶然显然无意沉浸在对往事的感怀中，她来信是要我协助她澄清一件事情。

"钥匙，"她写道，"十多年前，那把钥匙我记得交给了你，但你忘了还我了。"

事情是这样的，陶然抵达法隆的第一个晚上住进了这家旅馆的三楼一室。这是一家私人经营的小型旅馆，主人是一位慈祥的老太太。令陶然吃惊的是，在她用钥匙打开房门的那一瞬间，借着走廊里柔和的光线她发现这扇门的钥匙竟然与她在国内的那个阁楼的钥匙是一模一样的。

她请我不要提出任何疑问，说是她当时就给自己提出了所有可能提出的疑问。诸如，臆想，旅途疲劳，昏暗的光线，错觉，对异域的不适应或者无端的紧张。不，她说，她用了整整一夜来研究这把钥匙，没问题。

我读完这封来自我完全陌生的遥远国度的信笺，天已经完全黑了。我独自一人坐在昏暗之中，脑子乱成一团，最后，我决定不再去想这件事，等明天试着找找这把钥匙。

在这以后的几天里，我因忙着替一对中年夫妇油漆家具，整个把这件事给忘了，直到有一天干完活路经陶然的家才想起这事。

我决定去拜访一下陶然的坏脾气的母亲。当然，如果她的父亲活着的话，我是宁愿去找他的。

来给我开门的是一位操外地口音的姑娘。根据她的装束,我推测她是个保姆什么的。奇怪的是她手里紧攥着一本精装的《圣经》,中间还夹着一张撕下的台历,正在读的样子。

"你是谁?"我意识到我的提问不对劲,这问题倒应该是对方提的。

"我是陶然。"说完她就不再吱声。

"你是陶然?那么你不想知道我是谁吗?"我感到我走上了歧途。

"你是陶然的同学。"说着她笑了一下。

我感到自己似乎应该与这个读《圣经》的陶然互换个位置,仿佛我持有她们家的钥匙倒是言之成理的。

"那么陶然的母亲在吗?我找她有点儿事。"

"她上个星期去世了。"

完了。可能是唯一的一条线索断了。我后悔不应该去油漆什么家具。不过又一想,去和一个垂死的人讨论什么相似的钥匙简直是发神经。

这一天非常晦气,我记得还稀里糊涂地问了一些其他的话题,比如:你信上帝吗?她羞涩地说不知道。这倒是一种比较新的说法。再比如:你怎么会到上海来的?她带着神往的表情回忆道:乘轮船。末了我说,怎么从前没见过你?她说,彼此彼此。这吓了我一跳。我没敢提钥匙的事,连忙抽身回家。

我放弃了在什么人帮助下找到这把钥匙的企图,开始在家里翻箱倒柜地搜查。只要陶然在信上说的属实,那么我一准能找到它,我可不是个随便乱扔东西的人,过去岁月中的什么破烂玩意儿全可以在我床底下的大纸箱子里找到。

我翻出了一只高倍双筒望远镜,这是和陶然去看木偶戏时用的,买它花了十块钱。当然啦,钱是陶然出的。我嘛,比较贫困。

我还翻出了半块石膏像,那是戴凉帽的牧童,也是陶然送的,曾经挂在我的床头,怎么摔坏的我已不记得了。

结局是不言而喻的,我把大纸箱里的杂物全倒在地板上还是没有这把钥匙。我被这种为一个女人的古怪念头所支使的徒劳寻找弄得精疲力竭。我下定决心,不再干这件蠢事。

但是,事情发生了一点儿小小的变化。

在一个阴沉沉的星期天下午,我夹着一把雨伞上我的主顾那儿去。那对中年夫妇来电话说,油漆的家具有点儿小问题,他们非常客气地请我费神再去一趟。

我顺着繁华的街道一路走来,想象有几个我所熟悉的鬼魂跟我交臂而过,我注意到他们的形状与我中学时代的几位同窗极为相似,我提醒自己这是因为天气的缘故,我不断敦促自己不要受环境的暗示。就这样,不知不觉到了那对中年夫妇的家门口。

"你自己来看看,你做的这叫什么活。"

我一进门,那女的鼓着胖腮帮子就冲我嚷开了。

我注意到那个又瘦又高的男人斯斯文文地半躺在沙发里,似睡非睡。茶几上放着一叠书,最上面的那本是圣埃克絮佩里的小说。

"怎么啦,怎么啦?"我也将自己的嗓门提得高高的。

"你这个列那狐。"那男的猛然说了一句。

我知道他说了一个典故,上回我来他也说了一个。

"所有的门全都合不上了,还有这抽屉,你看看吧!"

"你找错人了,这你得找木匠。"

"没上漆之前全都能合上,我能找人家木匠吗?"

"反正不关我的事,我从来没遇见过这种事。"

我忽然感到其实我并不急于为自己辩解,只是嘴里想发出点声音罢了。

"反正得找你,你把这漆给我褪下来。"这会儿我才弄清电话里那些甜言蜜语的含义。

"这做不到。"

"那你赔钱。"

"责任还没搞清楚,谈不上。"

"让你来不就是为了搞清楚的吗?"好半天,那男人才插了一句话。

"好吧,我回家想想。"

"不,就在这儿想。"胖女人连忙蹿到门口堵着。

那男人和蔼地劝告我不要固执己见,应该面对事实,重要的是解决问题。他说赔钱是免不了的,并且还感慨地回顾了他的一些往事。末了,他总结说,这毕竟是一整套家具呀。

那时候,我确实对人生产生了一种失败的感觉,我接受了所谓古怪的事情和倒霉的事情是伴侣的说法。就那会儿,我完全叫沮丧压垮了,我毫无道理地与我的主顾互诉衷肠,倾吐我的际遇和我的拮据,期望他们能谅解我的处境。

"这些我很能理解,"那男人摆出一副饱经沧桑的样子,"这样吧,我这儿有不少没用的钥匙,你都拿去吧,也许你用得着。"

他把我的故事全听岔了,他以为我是想搞把铜钥匙化了换钱吗?

"不瞒你说,"他提来一大串钥匙,"我也不知道我哪儿来这么多钥匙,既然你爱好收藏这些,送给你就是。"

满拧。

"这倒是一种奇特的爱好。"

连夜我就给陶然写了封信,并且在我的才获得的收藏中挑选了一把最精致最漂亮的铜钥匙按在信纸上画下了它的形状。

我想跟我的女同胞开个小小的玩笑。

在我的那封证词般的信件寄出后的第四天,也就是一九八七年四月二十一日,因为天气阴沉,我带着缩折伞出了门。

我与一位女友约好去看一部纪录电影,说的是非洲的一种蝗虫,在我匆忙地通过斑马线的一瞬间,我看到我的"瑞典朋友"迎面走来。

"钥匙!"我冲她喊了一声,"我在信纸上描下了它的形状。"

她极惊讶地看着我。川流般的车辆暂时将我们隔开。

"你什么时候回来的?"等我们并排站在一家杂货店门前的人行道上时,我开始澄清事实。

"你指什么?"她意味深长地说,她的神态令我困惑得词不达意。

"那次聚会。我是说你要找的那把钥匙,你们家的,你想用它试试法隆那家旅馆的三楼一室。"

"法隆,旅馆?"她依然做出副迷惑不解的样子。

"你什么时候回来的?"我重提这一问题,"我的信四天前刚刚寄出。还贴了一元一角整邮票。"

她似乎有点儿不好意思地笑了笑:"我是给你写过信,但我一直没寄,何况那是好几年前的事了。"

"你不记得那把钥匙了吗?你们家的那把。"

"不记得,再说我已经搬家了。"

我在想,加上那个女保姆,怎么一下子冒出来三个陶然。法隆的那个女人究竟是谁?

"我得走了,快迟到了。你不必给我写信,我一直在这个城市里,没必要写信。"说完,她穿过马路,消失在人群中。

在我的衣袋里还放着亮闪闪的钥匙。

我已经完全没有心思再去关心什么非洲的蝗虫了。我没有去电影院,直接回家去了。我把那把钥匙用一根丝线穿起来,挂在我的床头(它至今还在那儿),接着便把地图册以及那封可疑的瑞典来信统统塞进了一只抽屉的深处,让它和线团、小剪刀以及几组生锈的铰链在一块儿做伴儿。然后上床蒙头大睡。

那天中午,我的女友打来电话,她在电话里柔声谴责了我的失约,随后挂上电话与我"永别"了。

这件事在我的内心留下了很深的阴影,在最初的那段日子里,我几乎得了信件恐惧症，我每天花大部分时间仔细研究收到的每一封信，犹豫不决，一再拖延时间，不给任何人复信。我甚至还骑车跑了十站路的距离去探视一位发信者，用以核实我内心的某些问题，弄得发信人很过意不去。"我没什么要紧事，只是随便涂几个字，问候一下。""是吗？"我小心地询问，那人反倒被我的态度弄糊涂了。

没过多久，我的信件开始明显地减少，终于，几乎没有一封信了。这帮助我忘却了那个遥远而寒冷的国家。

在我的故事即将结束的时候，我要补充一个细节。

三个月以后，我再次收到了从法隆的来信，这是对我的信的复信。

信是用英文写的，很漂亮的花体字。我借助新英汉词典研究这封信（我已擅于此道）。信出自一位老年瑞典女性之手，她自我介绍说是旅馆的老板，她丈夫（一位和蔼的烟斗爱好者）十年前死于肺癌。她独自一人经营这家三层的小旅馆。她说是有一位中国女学生在三楼一室借宿。但一个星期前已离开此地,没有留下联系的地址。

她还补充说,那位女学生是——搭一辆摩托车走的。

但她又说,那人在登记簿上留的名字是英文,凯瑟琳娜。它的古希腊词源是纯洁的意思。

这位女老板为她擅自拆阅了我的信表示歉意,不过她又说这封信没有封严实,更何况她本人有点儿小小的窥视欲。对这类事我不怎么在乎,上了年纪谁没点儿嗜好呢。

使我感兴趣的是这位老太太居然用我画的钥匙形状配了一把,她惊喜地宣布,两把钥匙的齿形是完全一致的,因为她用它打开了三楼一室的门。

遗憾的是,凯瑟琳娜走的时候,忘了交还房间的钥匙。老太太说,也许她还会回来。

这位浪漫的老太太最后乐观地写道:"假如你有机会来法隆,请一定光临我的旅馆，我将为持有我的客房钥匙的中国小伙子免费提供三楼一室。"

我呆呆地望着这封信，设想用一把熟悉的钥匙打开一扇陌生的门，自由地出入我所完全陌生的房间……

我的天，我第一次试图祈祷。

上帝啊！原谅我可悲的疑虑吧，我感到我跟你一样也是无依无靠的。

问题是上帝有着那么多的替身……

大师的学生

回忆。永远是这个主题。人们彼此孤立地生活着,我每次骑车去博物馆,脑子里就转着这个念头。维庸在那里上班,每周四天,兼做研究工作——消磨时间的别称。我们定期见面,交换看法,然后议论一下周围的人、食品、书籍、性以及偶然想到的任何事情。我们之间固定的话题是文学,因为它看上去好像是一个秘密。它可以使谈话处于一种鬼鬼祟祟的气氛之中。博物馆轮换展出不同时代的出土文物,包括石器、铁器和陶土制品。维庸一再提醒我不要描绘这些东西,他是为了避免我显得像是在抄写博物馆的藏品手册。古人用丝绸制衣,在绢上绘制仕女、花卉或者农事,这些事总能使人想到在寒冷的山川中守望溪流的隐士或是在月光之下饮酒作诗的摧花客，在历史上，这些人以酒量和艳事闻名，在我看来，他们多少与今人有些区别。

　　博物馆是一幢巨大巍峨的砂石建筑，但是从它的内部观察却又显得狭窄逼仄，各个展室之间的通道昏暗不堪，仿佛是说，在历史中大部分年代都是晦暗不清、难予辨认的。我与维庸通常就是在这样的过道里闲聊，借以避开展室内众多玻璃的反光。越过展室的窗口，可以看到四周那些类似的建筑，它们紧紧地簇拥着组成了一个小小的帝国。当晚霞照射时，它们显得异常的沉默，比那些文物更沉默。在下班的时间步出博物馆一尘不染的走廊和门厅，会令人产生一种肃穆感，属于高于个人、仅次于崇高这一概念。这使我步履轻捷，思路单纯。在我的一侧，维庸却以拖拖拉拉的方式朝外面耀人眼目的夕阳中挪去。这些岁月，这些年代，在我们不知不觉的成长中流逝，而我恍惚觉得所有的日子全都彼此相似。没有什么事情发生过,一切都不曾存在,爱情、争执、体液水平、信念、白血球,连同我们自己全都虚幻得让人微微吃惊。维庸将我送给他的八卷本的《民国人物志》存放在博物馆里,他饶有兴味地阅读它,他认为一个晚近逝去的时代较之遥远的古代更为虚幻也更具有悲剧性。他认为,双重的幻觉是必要的,在幻觉的意义上,它比那种有倾向性的幻觉略多一些真实性,他的这种理论来源于德·昆西和布莱德利,没有多少独创性,不像我们那百无聊赖的状态和永远热切的无端的思慕,多少有点儿像某种恶习。在将近十年的时间里,除了博物馆之外,维庸几乎觉得这个城市是难以描绘的,他认为这是他无法成为一名作家的原因。他觉得城中的一切都难以入诗,一旦载入作品便是一场灾难。这与其说是一种理论,还不如说是维庸的一个固执的念头。个人信念,他说。维庸的个人寓言是愚人船,十年以前,他从古典著作中获取这一幻想的来源，如今，他从福柯的著作中搜罗这方面的材料。他断言说，愚人船最早产生于对跍人的幻想，那是在地球还未被证实为椭圆体之前。

很久以来，维庸几乎极少涉及曾经令他神魂颠倒的所谓寓言，他对这类虚幻的东西作出让步，原因是他娶了一名当医生的妻子。他用更多的时间来观察他妻子的体态，他坐在椅子上细心玩味，心里感到无比宁静，早就把所谓人类的癫狂史抛到了脑后，他认识到，婚姻有利于人格的形成，至少使男人对每日摄入的营养品抱有前所未有的信心。

随着维庸婚姻生活的稳步深入，他在博物馆里变得越来越沉默寡言，他时常以踱步伴以沉思，穿梭于静谧得近乎沉闷的展厅之间，他开始以一种有点儿陌生的眼光审视那些被稳妥放置的文物，那神情已经超越了他所从事的职业的范围。我常常在进入展厅的一瞬间欣赏到这类独自凝神的腼腆神情，作为一位有妇之夫，青春在他身上驻留得太久了。我不得不哀叹命运的不公,同时又为在如此纷乱之世,有人还能在博物馆的院墙内为幻想哀伤而深怀对生活的谢忱。

在某一个下午,维庸对我谈起他的妻子。他站在一组福泉山出土的陶鼎和玉璞前面,使用解说的语调介绍他的医生妻子。他诚恳而又语词闪烁的叙述中不时跳出子宫、产钳、皮下植入、结扎这类字眼。听起来,维庸的妻子是妇产科医院的一名冷血、多疑、充满不耐烦情绪的见习人员。我没有向维庸证实我的疑虑,因为谈话在顷刻之间便转向了博物馆的通风设备。我们都觉得厅内的霉味日益严重,当然我们找不到具体的霉变之处,这种令人窒息的气味几乎可以叫作是一种气氛。我们商议将我们会面的密度降低,借以排遣不胜其烦的对色调沉闷的内墙的恐惧以及布局过于合理的照明光线的敌意。

生活依然向前。只是某些微小的细节被无可挽回地改变,但是没有人能够明察这一切,犹如一曲耳熟能详的名曲,仅有一个音符被演奏者忽略了时值。正是这点轻微的改变蕴含着奥秘,它可以被体会,但有谁能够领悟而又不费思量呢?许多事物彼此映照,互为衬托,就像公园中的花木在记忆中随风摆动,令人心间漾起温馨和悲苦,犹如死亡的开端和恋情的结局。

博物馆的圆形门厅以及随之展开的环形走廊显得过于深入,入口处的玻璃转门偶尔呼呼地旋转一圈,带进几名探头探脑的男女,给博物馆增添几分神秘感。人们通常是慑于地板和内壁的洁净以及对文物的莫名敬畏。在一个贫困的时代,柳桉木地板条、桃木门廊、水曲柳木护壁、樟木展架,都能唤起低能的物欲的遐想。木料是一种征兆,它的纹理是一种隐蔽的符咒,这在朽败的棺木上尤为明显。一切都归结于死亡,一种无法回溯的睡眠,周围和其后的人被允许凭吊和问安,这就像风中飞吻一般,是一个伤感的姿势。已死的和尚未说话的彼此相错而处,倾听沉默的声音。这就是左右着维庸的环境。

当然，我的造访对维庸的影响是微乎其微的，甚至低于由陌生人寄出的纷至沓来的信函对他的影响。我把这看作是维庸的私人情结。一些先后参观过博物馆的人基于一些隐秘或者显而易见的原因不断地从世界各地频频飞鸿，而维庸对给这些准友人回信抱有极大的兴趣，在信中他畅谈理想和个人感受，信件书写华丽，文辞雅致，并在落款处署名维庸并内子。模仿儒雅的古风。从某种意义上说，他是一个为荷尔蒙所控制的人。我搜集了这方面的一些例证。

去年冬天的一个下午，一位男士，胡子拉碴满脸晦气地跑进博物馆的展厅。他迈动着一双大脚（维庸回忆说那人给人印象最深的就是他的脚，估计穿着四十五码的鞋）在馆内四处游荡，据一位游客回忆，他甚至光顾了女厕所。这人觉得自己是一名水暖工，他认为自己有责任到处瞧瞧。当时，维庸正领着几位美国友人浏览新近展出的一具女尸，在恒温展厅昏黄的光线中，首先与这位颇具艺术家恶习的怪人相遇。这人上前与维庸热情地握手,掌心汗津津的。他介绍自己说是画家兼水暖工,师承玛格丽特,因为读过一篇维庸的文章,自觉神交已久。他说出了文章的题目,冗长而拗口,听起来有点儿像日语,维庸听罢颇为茫然,便解释说自己不曾写过这篇劳什子文章。玛格丽特的学生顿时激动起来,他来回搓着双手,中间还停下来用右手的小指剔了剔左手无名指的指甲缝,他改用方言促请维庸让早已不耐烦了的美国人回避一下,说是有一句忠告要面呈阁下。维庸连连摆手,像是给外国佬演示太极拳。谢了,免了,请回吧!维庸一个劲往外推这位浑身腱子肉的不速之客,嘴里陪着温和的道别词。画家兼水暖工一路倒退着出来,险些在大厅光滑的地板上跌倒。他微微定了定神,恼怒地推开维庸的手,脑门子上冒着热气,说了一声"操你妈!"提提裤子,走了。

这位脏兮兮的男士搅乱了维庸的神经,

他怀疑是他妻子派来骚扰他的,因为他妻子工作的医院就在一家美术学校的隔壁。当天回家,维庸就与妻子大吵了一顿,从此开始了分居生活。

接下来,维庸变得日益憔悴,他总是怀疑自己的某个内脏器官已被癌细胞侵入,原因是他从镜子里发现脸上蓦地增添了许多褐色斑点。当我们再次会面时,我隐约感到,他有点儿喜欢自己愁容满面的样子。他承认自己有那么点儿神经兮兮的,他痛恨自己因为妄想而与妻子兵戎相见,情急之下还将几件首饰扔出了窗外,想不起来了。维庸沉吟了片刻,似乎是在竭力回忆那些纯金和镀金的玩意儿。

为了摆脱对无名疾病的忧虑和日常的烦恼,维庸将几乎所有的空余时间都泡在医院里,鬼使神差一般在医院内游荡。夜里他吞完利眠宁上床睡觉,白天则去与医院的门房、勤杂工、药剂师攀谈,每隔一小会儿时间他便跑到妻子所在的妇产科附近去蹭跶一圈,期待着走廊邂逅之类的场景。那一阵子,维庸的平均体温为37.3℃。咳嗽多痰,面呈菜色,他越来越多地为幻觉所控制,他总是想象妻子与某人通奸的场面,他认为这是药物所致。但是令人发狂的场面和失眠的折磨都是他无法忍受的,因而他开始引入一种古往今来最佳的解毒消愁剂:酒。

于是,维庸与我的约会便由博物馆改到了他的家中。可想而知,约会的频率高得惊人。我们每晚见面,换句话说,我们每晚在灯下对饮,啤酒、白酒、葡萄酒、白兰地、威士忌,大都是一些便宜货,我们不加选择地滥饮,用一些男人惯常说的蠢话为自己壮胆,然后醉醺醺地道别。在连续不断的酒精的作用下,维庸讲述了他妻子的故事。他用厌倦至极的口吻称赞了他妻子的容貌和身材,他说他以此作为引子暗示了一名放荡女子邪恶生涯的开端,接着他以极为粗暴的声调描绘他想象的他妻子的劣迹,在一个颇为尴尬的停顿之后,维庸放声恸哭起来。我意识到,我有惊人的酒量,或者,在我醉后的臆想中,觉得自己十分清醒,证据是听懂了维庸沉痛故事的全部微言大义。根据对回忆的整理,维庸妻子的故事也就是一个任性、爱幻想女孩儿的虚荣历险记,上面沾染了一些时代的灰尘,某些男士的指纹以及社会的飞短流长的烙印。虽然维庸以非常文学性的方式加以陈述,但这类故事的新闻性只是对她的丈夫才永远存在。维庸自己总结道,妻子的往事是丈夫的个人日报,同样的内容每天按需要被安排在不同版面上,以头条新闻、社论、短评、花絮、特写,以及精心筹备的长篇评论轮换出现。这份乐趣是我这样的单身汉体会不到的。相对而言,我不赞同维庸的意见,我也没有兴趣去花钱订阅这份必须长期痛苦阅读的报纸。而且主编恰恰是那个唯一的读者。这种活计简直令人疯狂,我想这是博物馆威严持重的环境给维庸的心理带来的印记。

为了摆脱所有疯狂的念头,维庸在我的

随声附和下决定,给自己以致命的一击,但是他没有透露任何具体的细节。我曾一度猜想他也许要搞什么惊天动地的举动,比如当众自焚。一个星期之后,他向我披露,他计划在某个月黑风高之夜潜入博物馆。"干什么?"我问。"这还用问?"维庸不屑地撇了撇嘴。

我想,他一定是觉得这个城市太荒凉了,博物馆令他感到寂寞,年轻的时候保留下来的谈论文学的习惯已让他不胜其烦,他就像一个孩子无力处理婚姻生活。面临复杂和简单的人事与心境,他只是一味地猝然从心底里爆发出怨恨和厌倦感。他的生活进入了一个危机期,明显的标志是他放弃了全部娱乐活动,连他最最爱好的徒步短途旅行也已废除。他说自己是一只被逼进绝境的"将"和前面的来回移动的"士",目的明确,但是毫无意义。拯救。他认为这是最苍白的字眼,关键是你不要陷入困境。

这年头,在这座城市里,已经很少有

人再把自己设想为君王了,女士们也极少在意识清醒时把自己错认为是优雅悠闲的公主的。人们追逐着金钱,这包含着全部安慰的归宿。唯独维庸这种人不合时宜地依然如故,这样难免不生出许多妄想来。作为第一受害者,维庸的妻子几乎是值得同情的。她从医院往博物馆给丈夫写信,痛骂他的恶行,这本来是一个曲折的显示和解的信号,但被维庸理解成敦促他进一步做出极端举动的动员令。他给我寄来一张明信片,录了两句众所周知的古诗,然后示意我暂时中止我们的约会。他让我背过身去,说是以免玷污了我的眼睛。完整的句子是这样的:转过脸去,别让我的蠢事弄脏了你的近视眼。

当人感到一个阴谋正在自己的身边悄悄筹备着、发展着时,容易产生一丝秘密的快感,并且更加热切地倾向于其他不为人知的事物。接到维庸的明信片之后(另一面是国籍不明的湛蓝湖水),我隐约拥有一点儿从犯的忐忑不安,仿佛我正跟维庸合伙打牌，从对方那多少有点儿自负的神气以及先前扔到桌面上的几张纸牌上，揣摩到了接下来要干的勾当。我以弥漫在城市中的歪风邪气作为参照，推断这位郁郁不得志的才子将扮演梁上君子的角色，因为这几乎是他合上时代节拍的唯一方式。我几乎已经看见一个罪犯，因为几块在我看来是破瓦片的东西冲着摄像机镜头被押入了一处区级体育馆，怪模怪样地站在篮球架下。嘴里忿忿不平地咕噜着"穷山恶水贪官刁民"之类的攻击性言辞，然后被处以极刑。

想到死亡，就像人们通常想到艺术一样，总给人一种不太真实的感觉。我恍恍惚惚地一路想来，记起一些维庸的"生前"事迹（想象总是合情合理的）。这虽然无助于拯救他，至少可算得上是份思念之情。这个人神经质，爱捏造寓言，对直排书有着天然的感情，喜吃大蒜，吸烟颇多，脾气暴躁，神情阴柔，热爱谈话，厌恶游水，有着远大的理想，平时喜欢在床上睡觉。他有吟诵诗句的癖好,并且是个寻章摘句的老手。除我之外,他广交与他类似的朋友,每日里,除了见他走来走去,在他身上发现不了什么乐趣,他是乏味的(这一点仅次于我),未老先衰的,喜怒无常说躺倒就躺倒的,如果允许引用诗句来形容他,那么那句"眼睛里常含着泪水"最妥帖了。

有时候,我不免想到,这样信笔直书地议论他是一件丢人的事。既然无论怎么做都克服不了同谋犯的狼狈感觉,我打定主意做一名不速之客,模仿那名师承玛格丽特的水暖工,从天而降一般忽地出现在这个潜在的犯罪分子面前。晓之以理,动之以情,使其悬崖勒马浪子回头。

按照顺序,第二天(我主意已定的第二天)我顶着星星点点的雨丝出了门,虽然坏天气使心情受点儿影响,但也烘托出我自找的使命神圣性和庄严感。我一路盘算着怎样开口向他申明大义,迷迷糊糊地就来到了博物馆大楼前。

时间尚早,博物馆的紫铜大门依然紧闭着,昏暗的天空下,只见一名男子正缩成一团蜷伏在宽阔的台阶上,雨水打湿了他脚下的台阶,看来他并没有睡着。我走过去坐在他的身边。从一开始我们之间仿佛就留有一丝默契,他半坐半躺的姿态,使他远远望去像一块搭在台阶上的破布。他扭过脸来,向我自我介绍说,我是画家。

尽管维庸算不上是一名现实主义者,但他介绍人物的方式还是非常写实的。我断定我所形容的台阶上的破布就是我此行想要仿效的人。只是他比维庸的描绘多了一副度数颇深的眼镜。他生就一副伍迪·艾伦式的倒霉相,只是比那个好莱坞的才子粗犷得多。他比我想象的要高,这种类型的人更适于在电影中扮演穷愁潦倒的艺术家,眼下倒更像一个长期不洗澡的懒汉。

在他开口说话之前,我朝后挪了一级台阶,这样他要是临时有什么规模较大的动作,我不至于显得碍手碍脚。

"你不用这么看着我。我不是要饭的。"他向我嚷道。

没有人驻足观望,人们行色匆匆。在凉丝丝的雨幕中,有两个笨蛋坐在冰凉的台阶上等候另一名笨蛋,那股热切执着的劲头仿佛唯有凑在一起才足够笨似的。我们之间的谈话必然是从维庸开始,我丝毫不介意他那蛮横而又咄咄逼人的语气。他的长篇发言时常插入一些游离主题的议论,这非常近似维庸的文章。我喜欢这一点,像我这样注意力涣散的人正对胃口。他爱用漫长的历史作为他讲话的背景,他把所有的问题全都提到文化这一层面上来加以研究。虽然他口齿含糊但是语速很快,一个正常的句子他任意分割成好几块吐出,仿佛每一块都是他发声器官千锤百炼的结果。他有着一副歌唱家的大嗓门,因为齿间众多的缝隙,他的进入空气传播的声音嘶嘶啦啦的,多少包含了一点儿嚎叫的风格。

"时代!时代!"他气喘吁吁地说着,

"这个话题又有什么意义呢?你不必回答我,这个问题由我自己予以回答。我为什么要跑到这里来?"他用手指戳了戳石头台阶。"天上还下着雨,为什么?而你,又是为什么?我们为什么要自投罗网,来找这个门里头一个名叫维庸的人?"

"我是维庸的朋友,我来找他是因为我们臭气相投。"我坦率地说。

"臭气相投?哼!"他用双手抓住自己外套的领子,"我绝对不会跟这种人臭气相投。你不必解释,我今天自己掏钱买门票,没有人可以阻拦我。哼!时代,时代与我又有什么相关?这个问题你能回答得了吗?"他抽了抽鼻子,睁大眼睛从厚厚的镜片后面望着我,他的目光表明,他的问题无须回答,他的思绪已经游向了别处。"悲剧呀!"他补充了一句。我当然不明白他指的是什么。

忽然,他在越下越大的雨幕前沉默下来,脸上露出孩子气的微笑,显出一些美丽的意思来，仿佛想要招人疼爱。我心头略有所动，似乎被他所吸引。他沉默的长度越过了谈话间惯有的停顿的意思。

一时，我感到无言以对，便用两肘支在膝盖上做起眼保健操来。这是我无事可做时主要的消遣，按摩眼部神经可以使我忘却时间和烦恼，并且与旁人的沉思协调起来。

正当我沉浸在第五套眼保健操的并不确实存在的旋律中时，有人拍了拍我的肩膀。我睁开眼睛，只见画家已经被两名戴着纠察标志的男人推下了台阶。就这么一会儿工夫，博物馆前的台阶上已经布满了警察。一些行人停下脚步，以一种似看非看的迷惘神情向我这边眺望。一名年轻的警察示意我赶快离开。雨点落在我的脑袋上，恍惚间有一种咚咚直响的感觉。画家在警戒线外向我招招手，我看见他的袖口下方沾着一块颜料，红色的，像是丙烯之类的东西。我朝他走去。这时一些高鼻子蓝眼睛的外国人（谁知道他们来自哪个国家）在昂首阔步的警察的引导下松松垮垮地从博物馆的正门鱼贯而入。

我们转过一个街角,在一处投币电话亭旁的塑料椅子上坐了下来。这种椅子像是一次模压成型的,与人体臀部的解剖关系相去甚远,但看上去它的形状是正冲着你的屁股而来的。我们在一种落荒而逃的气氛中通报了姓名。仿佛我们将要患难与共似的。

"立人老兄,你应该知道你是维庸那愈演愈烈的婚姻悲剧的罪魁祸首,你收了他妻子多少钱?"

他从眼镜片后面眯起眼睛,嘿嘿一乐。"我是个随波逐流的人,只不过有时候干着疏通工作。你应该明白水暖工的准确含义。"

"你应该正面回答我的问题。"这样发问,令我回想起众多男人向女人发问时的迫不及待的没落气概。

"好啦好啦,我立人不认识什么妇产科医生。维庸的家庭纠纷与我不相干,我找他是因为别的原因。"

我们起身往市中心的广场走去。画家尽

管脾气古怪，但是对于不期而遇结识新朋友还是颇有兴致。他一路抽着烟，头发和络腮胡子沾着亮闪闪的水珠，迈着大步在雨中行进。此时此刻，我完全忘掉了我的使命，我已不记得一清早从床上爬起来冲进雨中到底为的是什么，跌跌撞撞地跟在小牛犊一般往前直闯的画家身后，前去参观他的画室。我暗想，所谓画室大概指的就是有着脏乎乎的床单，许许多多臭袜子，进门脱鞋然后在一层薄薄的合成纤维地毯上席地而坐一类的地方吧？在此之前，我从未在这么近的地方与一名画家交谈，我从来都是依靠印刷极次的画册来想象他们。我一直认为，有重要画家活着的时代全是灰蒙蒙的，一如重要的作曲家都配备着一名或"几名"爱吵吵的妻子，这样他们才能写好他们的弦乐部分以及他们妻子的管乐和打击乐部分。和谐，这是人们毕生追求的目标，它们总是存在于人们刚好够得着的地方的稍远处。很美妙，不是吗？

  立人的画室坐落在一所巨大的院落的

最深处。我们穿过一排临时搭建的商店，一些围着脚手架的旧房屋和一块堆着一箱箱啤酒的空地，绕过一群正在晾晒衣物的妇女，在她们的孩子的注视之下，猫腰闪进一个黑洞洞的过道，无依无靠地走了一阵子。在就要彻底绝望的时刻，就听"咣啷"一声，本以为会有一道救命的光线照射进来，其实是立人打开了他的房门，隐隐约约就见他往一个比黑更黑的地方一头扎了进去，摸索了半天，他捧出来半截蜡烛。火苗映着他的脸。我在一种半失明的状态中步入他的画室，立足未稳，只听见他大吼一声，室内一下子大放光明。"我搞的控制系统。"他得意地介绍说，"集体用房，嘿嘿，不用付电费的。"我环顾四周，天上地下全是灯泡，一律贴着墙根，大概是泛光照明的意思。"比较庸俗，嘿嘿，不要介意。"

在明亮的灯光下，我看清他在日光之下不为人知的一面。他有着纤细修长的女人一般的手指，在浓密的胡须下深藏着一张为忧愁笼罩着的脸庞,那双黯淡的眼睛在镜片背后垂头丧气地半睁着。魁梧的身躯带着一种蜷缩感,仿佛一条撕去鳞片的鱼,痛苦地痉挛着。他盘腿坐在地毯上的一只圆垫上,左右开弓搜寻着茶具和友人送他的荷兰卷烟,灵活的腰肢就像一只刚上过油的转盘。我感到,他就是这么一个奇特的混合物,就像一只在刚拆毁的房屋上空飞翔的动画蝴蝶,给人以不祥的触目惊心之感。

"我很早就认识维庸。"他用心不在焉的语调说,"我也弄不懂他为什么总想否认这一点。"

"我不知道究竟应该相信谁的说法。"我说。

"也许两者都不必相信。"他眨眨眼睛,似乎很高兴终于有了一名听众,"如今我对他有了较深入的了解。他把我从博物馆里推搡出来,完全是一种变态行为,是现代社会人际关系恶劣的绝好的注脚,就这一点而言,我十分同情他。他有一些鲜为人知的秘密，我是唯一的目击者。这是他拒绝与我保持关系的原因之一。"

叙述至此，他显出对有关维庸的话题略感厌倦。他从一幅花布遮挡的小柜子后面抽出一把吉他，微笑着注视着我，仿佛我天然对某件乐器所代表的音乐具有好感，在他抚琴吟唱的姿态面前必将身受感染静心聆听。他并不征求我的意见，颇为陶醉地弹奏起来，在一阵叽叽喳喳的前奏之后，在他开口歌唱之前，他忽然停顿下来。"你可以听得出来，我的嗓子属于戏剧性男高音。"他唱起了一首英文歌，歌词的含义超出我的理解力。并且，他所诠释的旋律也偏离我对声乐的感受。我只好以沉默待之，脸上维持一层神秘的微笑，这是我茫然和不知所措时的惯有表情。我想，要是他把我引为知音，那只好自认倒霉。每当我独自面对一名正在忘情演奏的音乐家，我内心的紧张程度一般等同于跳楼之前的恐高症患者。我极度虚弱地抬起一只手，示意暂停。我告诉他我要去上趟厕所。我盼望在我解完小便之后,他已解除了我欣赏吉他弹唱的繁重任务。他霍地站起身来,表示与我同去厕所,他尾随我穿过黑乎乎的过道,嘴里预报着直行或者拐弯的指示。在半明半暗之中,我们下了一个斜坡,穿出门洞来到后院。

一株巨大的广玉兰独自竖立在院中央,院内除了人们从窗户往外扔下的废物没有其他东西。我们站在广玉兰的两边,将小便浇向树根。院子里静谧已极,所以,人为的音响便被放大,使我隐约体会到光天化日一词的含义。画家在树的另一侧愉快地哼起歌来,闻所未闻的曲调以及极度淫秽的歌词。我想抄录几句,不过还是算了吧。

我们轻松愉快地回到屋内。我想他已经暂时忘却了魅力无穷的音乐,他伸出粗壮的臂膀,移开一块一米见方的画板,令一幅同等尺寸的纸上作品呈现出来。"我不用油画布。"他解释道,"在纸上绘画令我产生一丝造爱的感觉。""这种感受一定是非常个人化的。"我说。他耸了耸肩。

作品的右下方画着一组瓦楞纸条状的波浪线,中间部分用记号笔草草勾画出一根竹手杖,我附庸风雅地询问道:"这好像是一支十六世纪克鲁姆双簧管。"他的舌头在唇边滚了一圈:"很多人都把它看作是一根中国手杖。他们只要看看上面画着的那把琉特琴就不会产生这种联想了。"

"但它确实像是一支手杖,而且是竹子的。"我直言相告。

"错觉,正是我的主题之一。"他颇为得意地解释道。

我想起曾经在众多文人雅士之间风靡一时的埃舍尔作品。平面上连绵不绝的幻象,非常引人入胜,我猜想这中间兴许有什么渊源关系,但我知道这类被某些人称为继承和发扬的东西对另外一些人则是讳莫如深的,我还是不要妄加猜测的好。

像是为了使我充分地欣赏他的作品,立人长时间地陷入了沉默,他时而看看我,时而又注视着自己的作品,神情中包含了足够的耐心和企盼。我发现,当他专心致志的时候,面部的侧影与维庸极为相像,倔强的容貌下掩藏着一张女人气的嘴。这是游手好闲、喜爱假冒内行的男人的基本特征。

"这些是什么意思?"我问。

"什么?"

"我说这把琉特琴……"

立人的脸上露出欣然的表情。"逃避,这是我的另一个主题。"说完,他便停顿下来,像是为了使我能够聚精会神地体味他的作品和他的谈话。

接下来的气氛十分尴尬,我的寡言少语远远超出了他为我腾出的沉默时间,仿佛我因为错觉正处在逃避状态之中。我记得,为了挽回局面,他非常风趣地模仿了毛泽东和周恩来的讲话,表演这个节目令他自己兴奋不已,那神情似乎在说,这一席讲话回溯并微妙地解释了一个时代。我在别的场合也看到有人玩这套把戏,逼真程度互有深浅,风格各个不同，只是还杜撰了许多讲话内容，效果近乎恶作剧，完全没有立人的虔诚与真挚，但也没有他显得那么滑稽可笑。其间的差异就像维庸的名字。很多人都以为这是他的笔名，但其实他父亲确实给他起了这么个译名似的代号。维庸的父亲给他孩子起名的年代如今看来已有些老派和古板，不似今日有那么多的人爱说俏皮话，爱传播并互相重复从少数几个笑话篓子里倒出来的材料。语言已从哲学界以大陆哲学划时代的转向为背景介绍到报章杂志，那么学外语和学方言便都烙下了形而上和潮流的徽记，仿佛我们听见C.S.路易斯说："色欲比逻辑更抽象。"或者"肉体上温柔的实用主义更富于诗的意境"（福尔斯）。这种类引很少有人听明白，当然也就令人昏昏欲睡。恰如我从立人家告辞出来前的状态。我喝了极酽的功夫茶，还喝了雀巢咖啡，抽了自卷的荷兰烟叶，欣赏画家"造爱"一般创作出来的手杖样式的克鲁姆双簧管，聆听了几则政治笑话，去后院的广玉兰树下解了一次小便，经历了难堪的相对无言（换句话说，经历了品特式的停顿）。远远地伴着老熟人维庸的故事，恍惚间（夸大地说）部分地听到了时代的脉搏声。就像立人喊叫似的。时代。时代。这种在过往时代只有尼采和疯子才高呼的母题，如今嘲讽似的挂在众人嘴边。就像画室内的下午，典型而又无奈，沉闷却又听不见其他季节的隐隐雷声。

这样一个下午，足足需要上百个别样的下午来抵销它的影响。我在家中面壁枯坐，竭力忘却维庸和立人的令人莫名其妙的关系。仅仅隔了一天，维庸便打来电话，告之他们夫妇的"分居"生活结束，原因是他几天前淋了雨患了上呼吸道感染，于是他们夫妻在医院的急诊室内破镜重圆。维庸啰里啰唆，热情洋溢地叙述这一切，就像唱歌剧那样气息连贯、滔滔不绝。明明是喜悦得不能自已，他却说疾病天然地具有死亡的属性，以比人们意识到的更多的凄凉袭来。有时像是一次骚扰，而更多的时候倒像是一次恫吓。他认为，你是否能尽快痊愈，全看你受惊的程度。

维庸又回博物馆上班去了，我又像从前那样，隔三岔五地去找他闲聊。有一回他说他的手臂总是无端地颤抖，即使拿着一份报纸它也是颤个不停。医学杂志说这是麻痹性震颤，是中枢神经出了毛病，由精神紧张和过度忧郁引起的。为这事我们争辩了一通。

午后的阳光穿过窗户照在维庸的手臂上，带着温和的凉意，令我想到沁人心脾这类准确而又无用的词句。隔着厚厚的一尘不染的玻璃，街上的喧哗声被过滤了一下，变成一种持续不断的嗡嗡声，仿佛来自一群忙忙碌碌的苍蝇。不知不觉地，我们的话题又转到了画家兼水暖工立人身上，维庸便使用一种倦意十足的口吻谈论起来。他说，世称鬼才的家伙着实不少，几年前结识的玛格丽特的弟子立人便是其中之一，一脸的络腮胡子令他显得肮脏而又有几分豪气。据传他最近去了美国、加拿大或墨西哥中的某一个城市，剃了光头，一副出家人的打扮，在街头替人画肖像。维庸依稀记得，立人当时一心一意要诽谤这个世界，他指出，歪曲这个世界就是最好的方法。他要把仇恨倾泻到画布上，用刷子在那上面乱画一气，然后他可以细声细气地来解释他的作品，从混乱中引出他的哲思。他呼唤着人们的同情心，仿佛只有他一人置身于这个世界的罪恶之外。这个世界上画家很多，这使立人时常产生一种近于绝望的感觉，他想不出办法来阻止别人往画布上涂抹什么。于是，他在画画之余便使劲地诋毁别的画家，他由此渐渐赢得了美术评论家的美名。他自谦地称这是"两栖"，似乎他是忽干忽湿、拖泥带水的什么东西。他的言论和他本人一样都是毫无瑕疵的，用他自己的话来说，这是一种"处女性"，这个词是有来源的，但是，他每次使用时都略去了出处，就像在学术著作中略去了引号和参考书目，这种做法被称之为彻头彻尾的原创性，否则便是可怜虫式的掉书袋。

接着，维庸开始攻击他的容貌。说是从他的自画像里人们可以看到一个抽象的、具有典范意义的人形。他像凡·高一样画有多幅自画像，用以展示他的不同侧面。这些不同的作品或者说不同的侧面衬托出他复杂的个性和一以贯之的追求，使他有理由像一名大师那样孤立地死去。而且人们也很难说他不是一名大师。他为绘画史而作画，这一点是毫无疑问的。

隔着巨大的展厅内的玻璃柜子，维庸与我互相观望着，我俩的目光中都带有一丝疑惑，我不明白这个穿着灰色圆领毛衣的男人嘴巴一开一合的准确含义。真不知道，离开了注释，我们的生活将何以依附。

阳光已经移至街道的西面，外面行人的肩膀上仿佛镶有一系列闪光的肩章，街道的景色像使用滤光片拍摄的彩色照片，柯达反转片，充分曝光的金黄色。高光部分和暗影部分的细节同样恰当而丰富。外面这些成双结对的人,他们共同经历的时光在一个旁观者的眼里是若明若暗的,只要揭示得充分,便具有美感,要是借助于完备的机械装置,那就能发现惊人的美。

身旁的某个地方

中　心

这房间的位置这么好。他说。

从临江的窗户望出去,宽阔的江面在窗下折了一下,拐向另一边。从高处看下去,江水平静而壮阔。眼前的一切全都为书籍所记载,铁桥、楼宇和一些拙劣的雕塑。他冲着窗外伸了个懒腰。

她就在楼上。她在说另一件事。我打个电话,叫她下来坐坐好吗?她愉快地说着,带着一丁点儿恶作剧的调皮劲儿。

好啊。他说。仿佛这件事和他无关似的。他依然望着窗外,在这个城市里,这景色并非随处可见。

也许你会在电梯里遇见她。她说。

从来没有。他说。

她走到窗前,递给他茶杯,在他身边坐下,平静地望着底下有点儿黏稠的江水。

你想做什么都可以。她说。她甚至想过更极端的。他知道,实际上那是可能的,他明白这一点。

住得这么高,会使你微微产生一点儿幻觉。

这些练习,我分一个月的时间做完。她说。把他从胡思乱想中拉了回来。他忽然意识到,她所想的较之他的思绪更遥远。

河水很脏,但是从高处看下去,河面的细节——她是说那些垃圾——看不太清了。这样似乎使河水显得干净点儿。

将来它会更干净的。她说。

什么人都这么说。他说。

你和别人没有什么不同。她说。

他有时候觉得她说得对,但是更多的时候他不这么看。

他接受她要他做的杂志上的智力测试,

得分不高,在平均标准之下。这使她很高兴。她因为这套题目贬低了他而高兴,也因为她自己的得分高得惊人而高兴,仿佛这些测试就是为了取悦她这样的人而设置的。

他每次进门,她都在临河的窗前练习听力,神情迷惘,仿佛为空无的天空而困扰。她有时读几页诗词,似乎是在哀悼她的母语。她这样分析自己的嗜好。

晚上吃什么?他问。出去吃?她问。叫外卖吧。他说。

他在沙发上躺下,像一个接受心理治疗的病人。电视里在播《面对面》。这是拉康的守则。他想。

这是一天的尾声的开始。

那些民工在雨中疏通河道,还有一些人在小河边吸烟。

他们似乎永远也干不完。她说,折腾来折腾去的。

这条河叫什么?他指着窗外问。

不清楚,随便你叫它什么,反正是条

河,一条发黑的河。她说。

她有时候很尖锐、孩子气,忽然之间又很世故、文雅。跳来跳去的,令他伤神。她开始不停地接电话,用不同的语调扮演自己——温柔的、职业的、虚弱的、家常的——最后,又跳回到她自己,一个不耐烦的漂亮女人。

我不美。她突然会说,漂亮和美差得很远。

她总算还知道这一点。

你帮我做问答吧,就今天。不然雨天还能做什么?她说。然后稀里哗啦地收拾好桌子。

我念得对吗?他试着读了一句。

也许他念得不对更好?她想。

保持语速。她说。

飞 地

屋里很暖和,他在窗前看院子里的月

光。东厢房里的灯光还亮着,那位不知疲倦的读者,从下午到现在似乎没动过地方。她的金发依稀可见,她在读什么?

冬夜,没有风。地上的冻土非常坚硬,就像飞机降落时看见的一样硬。正房里有音乐传来,是笛子和琵琶。一墙之隔是那破败的皇家园林。这旧时皇亲国戚的院落,此刻十分安静。

他穿上外套,带上烟,去正房里聊天。

"浴室里的暖气片是新换的。"他正在电脑上打印账单。一边招呼他,一边皱着眉头。"我戒烟了,戒了好几次。"他的汉语纯正,随意戏仿本地的庸俗玩笑。他下午买的那条万宝路落在汽车后座上,所以抽他的烟。

唱片录有二十分钟琵琶,二十分钟笛子,二十分钟二胡。循环播放。焦急、散淡或者低回。

"明天一早俄语教师要来,一个小时,每天我只有这点时间。"他说。

"不是听说你要去印度吗?"他问。

"那时候也有说是巴基斯坦。我喜欢这类国家。"他解释道。

他起身去给他沏茶,他们继续吸烟,说了些闲话,呆坐着,也没有听音乐。

回到屋里,他继续写次日的发言。"……乡土和孤异是通往普遍世界的唯一道路……"

这院门正对着一个小花园,树丛中有一些上了年纪的下棋者的身影,街上人来车往。他和士兵说明来意,便进了院子。

客人大都已经到了,正在客厅里闲聊。他看见那对老人安静地坐在一起。主人为他介绍,译员在一旁谦逊地站着。

这位大师,比照片上更优雅。面容、衬衣、袖扣、鞋子,一尘不染。谈话声音柔和、坚定。那复杂的文体正是来源于这个清澈的头脑,和他妻子温柔的注视。他很有魅力,你会想要读他的书。

他对翻译说他的旅行观感,他的妻子也

发表一下自己的看法。有些有趣,有些不那么有趣。

餐桌布置好了,主人招呼大家入座。

菜不错,酒更好。有人只是喝水,而他吃得很干净。大师精神饱满,胃口也很好,运用刀叉寂然无声。

他们认为中国姑娘如何热情,在街头如何开放。顺便比较了日本、印度等几个亚洲国家。还有中文有多难,法文有多优雅,俄国有多冷,朝鲜有多闷……

道别时,他们再次握手。

非常礼貌,就像他须发间散发着的隐隐的香气。

他们坐在街角的落地窗前休息。她明天就回蒙特利尔,行李都已经收拾好,所以现在可以只管喝茶,看天渐渐暗下来。

"我会尽快把文件准备好寄给你。"她说。

"非常感谢!"他说。

"这下我可以放松了。"她说。

"这工作很辛苦。"他说。

"人人都很辛苦。"她示意指的是窗外的行人。

"你从他们的衣着可以知道他们的来历吗?"她问。

他观察了一会儿:"可以。"

他分析了十个路人,有一个不太确定。他觉得人们的一切都明明白白地写在身上。他又分析了十个人,还是有一个不确定。

"你来试一下?"他问。

"这我得到蒙特利尔找一家咖啡馆。"

沙　龙

她在电话里大笑,说些类似台词的东西,然后有人接过电话说,她喝多了。哦。呵呵。他说:在哪儿?

夜里起了雾,街上汽车移动缓慢。

他进屋时,豪饮已经进入尾声,还有五六张过量的面孔在搜寻瓶子里残余的酒。

有人递给他一杯不知道什么东西，另一个人塞给他半瓶红酒，第三个人告诉他，她在卫生间里。

他推开门，把酒瓶和杯子扔进往外溢水的浴缸。

她正坐在地上，抱着坐便器，有规律地抽着水。她的腮边有泪痕或是呕吐物的残迹。他摸摸她的脑袋，她知道是他。

他在她身后蹲下，像她拥抱坐便器那样抱住她。

这是城里最好的酒店，套房很大，也足够高。在夜晚的风中，房间在晃动。

那些人依次进来解手。已故某人的孙女，某人，某人的闺女，某人的公子，某人的闺女，某人。总之，某些人有足够的理由喝得烂醉。

我下午一直在打你的电话。她说。没人接。

他在河对面的另一幢楼里喝酒，好在这会儿她闻不出来。

一晚上你都在干吗?她问。

没干吗,还能干吗?聊天呗。

聊什么聊了一晚上?其实她一点儿兴趣都没有。

政治、足球、性、餐馆、电影。他很不耐烦。

老一套。她不屑地接了一句。

那还能聊什么?他把牙膏对准牙刷。

你看看你的肚子,聊这些没意思的东西,还不如去健身呢!

他看见自己在镜子里光着身子,举着牙刷,大肚子,卑微的生殖器,烟牙,女式胸脯。

一晚上你都去哪儿了?她在另一面镜子前刷牙。

呃——上海,呃——约翰内斯堡,呃——伦敦,呃——摩纳哥。

没劲。她说。都有谁?

昆汀·塔伦蒂诺、罗纳尔多、齐泽克、小宝。

整一群废人。她总结道。

说谁呢？他嘴边流着牙膏沫含含糊糊地问一句。

他数了一下，有二十几对男女。五六对是夫妻，五六对是情侣，二三对属于乱搞的关系，其余的洁身自好地期待着随便什么。我去找点喝的。他对妻子说。

她站在原地，估摸着客厅里的这些人加起来能值多少钱。三个女模特，有一张比较著名的脸，另两张脸又骄傲又紧张。六七个穿料子衣服的男人，脑袋凑在一起，仿佛比赛开球前在互相加油。靠墙坐着一双姊妹，像是一个牌子的玩具，惊人地相似。还有一些外国人在陆续进来，眉眼精致，十分威严。仿佛就要缔结什么条约。

事实上，是有人要在屋子里签一份什么东西。乐队开始演奏，照相机越来越多。

不严肃。她说。

你真是爱管闲事。做丈夫的批评妻子，同时递给她一只杯子。

是什么?妻子问。

管他呢!

晕倒。不知道是什么就给我喝。

真是来错了地方。他想。一个侍者问了一声,他就拿了一杯。杯子里的液体是无色的。大概是水吧?

旅　馆

他在给他的责任编辑写信,告诉她,自己已经到达目的地。这愚蠢的办法。等他回到家,她也不见得能收到这信。他找不到她的电话。他本来想向人打听一下,但是放弃了。她不知道他的想法,也许她知道?是他不知道她知道这一点。他应该对她说吗?你的文章写得怎么样了?她一定会问。

他在干净的床单上躺了一会儿,便下楼到街对面的咖啡馆要了一杯拿铁,闻着咖啡中的奶味,掏出烟来,坐在街边的圆桌旁开始吸烟。时近傍晚,街上的行人不少,因为少有汽车开过,还算安静。

他继续写信:这地方很干净,大概是世界上最干净的地方。空气是甜的,天是透明的,衬衣的领子一周都不会脏,床单大概一个月不用换。我都想躺在地上抽烟。这儿的报纸登了我们访问的消息。真恶心。他喝了一口咖啡。

他把信收起来,准备什么时候再写。他觉得这封信像一摊脏东西。但是人要是喜欢上什么人,不都是这样的吗?

这风光在她的家乡不容易看见。夏天有时像秋天那么凉爽,而冬季,雪后的晴天,像春天那么让人想扒衣服。在旅馆的窗前,可以远眺牧场上溜达的马匹,她觉得自己也可以闻到那有点儿泛黄的草的味道。现在是几月?我在想他吗?她问自己。

她戴上帽子。他喜欢我戴帽子吗?她看见街上两个男孩儿走过,她想回家了。想和他一起去擦那辆破捷达,去郊外钓鱼,把垃圾搬下楼,去买西瓜,跟陌生人吵架,生闷气,看他酗酒,看院子里香樟树下那一摊残雪化掉。这些她都没干过。也许他喜欢我的花格子衬衫,像男孩子一样高高卷起来的袖子,喜欢我一直乐个不停的样子,那是他没看见我生气。他受得了我生气的样子吗?

他这会儿在干吗呢?

傍晚,他穿过院子到餐厅去,他看见过道楼上的一扇窗户里透出的灯光。他其实没什么胃口,但是想到餐厅里待着。但是餐厅里客人不多。有一两分钟,他的心情坏极了。那些好看的格子桌布救了他,离家这么远,还能干什么?喝汤吧。

这镇上的房子全是白色的,好像是为了配合远处的白色沙滩。他在窗前一张桌子旁坐下,看着街上建筑的那些好看的轮廓在暮色中渐渐隐去。

他跑到这么远的地方来,就是为了读一门能够让他日后找到比较体面的工作的外语?他这么想他的妻子,但是很像是此生就这么开始背叛了她,搞得好像决心要在这个世界上消失掉似的。这算什么度假?

"多吃点,我们还要赶好长一段路,可能要很晚才能到家呢。"

他听见对面一桌有人在说。

现　场

她来过这地方,两年或者三年前。

一个暖春之夜。她到得早,和其他几个早到的人一样无聊地喝水吃点心。室内布置怪异,光线不只是昏暗,简直是黑暗。混凝土墙体裸露在外,鼻子里满是粉尘味,很快嘴里和头发上也觉得不舒服。然后,她就看见他向她这边走过来,站在圆桌的另一侧,掏出电话来摆弄了一通。她以为他会和自己说话,她觉得自己那天晚上真是漂亮。但是他走开了,从侍者托着的盘子里取了一杯酒,走到窗边,看着对岸那些乱眨巴眼的广告,叹着气。

在一阵汽笛声中,他又转了回来,直直

向她走来。这时她的女伴已经增加到三个,围着圆桌痴头怪脑一通乱笑。

整个晚上她看见他的目光一直跟着自己,但是她已经找不出时间让自己单独站一会儿了。

现在她就站在他画的作品前,离原来放圆桌的地方不远。这儿变化很大,已经从头到脚都叫大理石包了起来,空气中带点甜味——一种介于香水和除臭剂之间的味道。

他画的这是什么?什么意思?她把自己那点关于现代艺术的零碎知识在脑子里过了一遍。心想,他也许属于装神弄鬼的那一类。这会儿,展厅里空荡荡的,她就这么直冲着他的画儿站着。这画儿价钱不便宜。他在那画儿上画了一张圆桌和一个有三只眼睛的女人。

她接电话的时候,态度生硬,当她意识到那个声音是他的时候,已经来不及收起她那刻薄的腔调。

抱歉。她对电话说,我在公司的线上,都是难缠的客人。

不用解释。他在电话那头嘿嘿着说,我失踪了这么久又跳出来,你还记得我就不错了。

她知道他又想干吗,她对自己说,整理一下你的思绪,保持风度。我在加班。她说。

无论做什么你都喜欢加班。他随口这么一说,使她感到十分委屈,她捂着电话,自己立刻哭了一小会儿。然后拉开抽屉,取出补妆用的小圆镜审视了一下自己。还不错,保养得很好。用的都是好东西,穿了新衬衣,外套让保姆熨得也不错。尤其是这双鞋,唉,多漂亮的鞋呀,虽然有点儿挤脚。而裤子的剪裁最好,她都不好意思向人形容这条裤子。哦,裁缝……

她感到有点儿热。加湿器还在一个劲儿地咕嘟,沙发、转椅、地毯、窗帘都在原处,那些亮闪闪的电器都设置在待机状态,办公桌上是干净的,其他人下班都走了好一会儿了,所以这个由工厂仓库变成画廊,变成健身中心,变成商务中心的大房子,现在显得有点儿空旷……

她重新把电话举到耳旁,他果然还在。

来吧。她说。

她唱了一首难度很高的歌,旋律复杂,调门又高。她以为可以唱得下来,但是失败了。她从来没有发现自己的嗓子这么难听,到这个年纪才认识到这一点,多少是个悲剧。她以前还误以为是偶尔的发挥失常,或者疲劳,要不就是心绪不佳,再有就是喝多了。要命的是她已经去过钱柜这样的地方不下一百次,差不多每次都有五六个新朋友,她都不敢再往下想。

大家都在拼命鼓掌,哇哇乱叫。这是起哄。她再也不相信这些不仁不义的家伙了。

只有那个人,长着一张成熟的、含蓄的、隐忍的脸。一晚上没有唱过一首歌,仁慈地望着她。

她假装上厕所,好暂时逃离这巨大的羞愧。

那人坐在靠门的位置,见她挪过来,勇敢地起身迎向她。

你唱得真好。他说。嗓子和她一样难听。

构　想

前一天晚上,他带着旅行箱去她那儿。第二天去机场也方便。箱子的颜色他已经不记得了。好像有一只轮子坏了。得斜侧着才能拖得动。她帮他整理箱子。做爱。

每天晚上他都在宾馆的大堂里给她打电话。一个一个地往投币电话里塞硬币。没完没了的。他想反正周围也没有人听得懂他在说些什么。说了些什么?此后他一句也想不起来。总之,就是那些话。

他回来没有多久,她又走了。他去邮电局排队给她打电话。周围的民工大声嚷嚷着。他躲在四面玻璃的电话亭里。必须提高嗓门。但是,他也听不见自己在说些什么。

他在等她回来。一个月后,她回来了。翻看着他带回来的织锦、首饰和录音机。她为他买的唱片没有带回来。

我们不要再见了。他记得她说。

他进旅馆放好行李,就下楼去给她打

电话。据说当地的电信是全世界最差最昂贵的。陈旧的电话机。打了好几次也没有接通。他就没有再打。整个行程都是如此。他也不知道是为什么。他给她挑选礼物。一点点思念。很少。几乎不存在。仿佛没有这个人。

他回来时,给司机带了黑巧克力。他到家之前她已经走了。给他留了便条。叮嘱他要办的事。还有,思念。

他打开行李,往外拿东西。书、照片、画册、画儿、围巾、帽子、玩偶、鱼子酱、摇铃。摊了一地。

很快,她回来了。他们在沙发上分享各自带回来的礼物。还有对方。但是,最终她还是说,就这样吧。

他不停地换旅馆,从一地到另一地。差不多每两天一次。还买过冒牌的优惠电话卡。打了几分钟就用完了。他不停地给另一个人打电话。说些不着边际的话。他也不知道说这些干什么。只有一次,对方电话占线,他才给她打了一次。她带着哭腔问他在哪儿。他告诉了她。他告诉她给她买了礼物。其实他还没有买,只是想买。她听上去挺高兴的。这样,他第二天不得不去把礼物买了回来。他想起来他们已经很久没有做爱了。

他回来的时候,她在家。他把礼物一件一件拿给她,展示给她看。帮她戴上。香水、手表,诸如此类。她含蓄地微笑着。很受用。她爱他,他也爱她。他知道这一点。

她跟他说家里的事。和往常一样。用和往常一样的语调。但是,她不再给他打电话。他又给她打过一次。她说了一些含糊其词的话,便没了下文。

隔了好多天,他才去见见另一个人。

空　间

坐在对面的那个人穿着和她一样的外套,牌子、款式、颜色包括尺码。这她一眼就能看出来。她甚至大约知道衣着之下那具身体的模样。清洁,似乎毫无瑕疵。一张标致的脸，表明了其余的部分也差不到哪儿去。那人端庄地坐在一排座椅最靠窗的那一侧，侧着脸，沉思似的望着窗外的停机坪。中午的阳光下，波音客机那宽大的机身看上去几乎是贴着候机楼的玻璃幕墙。

她想，那人不会没有注意到自己。她的模样仿佛在说，她会注意到一切她应该留意的事物。她长着一张经常独自旅行的女性的脸，对环境有足够的敏感，当然，不会超出必要的范围。不然的话，她会体力不支而跌倒。如果她拖着过重的行李，有人会上前施以援手。只是没有人会有这样的机会，她的矜持利索使他人没必要这么幻想。她看上去是那种如果有侍从都会显得拖累的女人。

广播里在播送通告，航班延误了。没有说明原因。

那人仔细地听着，直到这则通告播完。然后，她在第一时间站了起来，提起脚边的棕色旅行包，离开了登机口。

她目送那套她熟知的衣服远去。这时，

在她的耳边,一个温和的男人在问:"小姐,请问这航班延误了吗?"

她出门前喝了一杯混合果汁,冲了澡,换了干净的衣服。她坐出租汽车去她常去的那家店吹头发,用坐车找的零钱付了小费。此间接了几个电话。做完头发出来时,她今晚的司机已经把汽车停在对面稍僻静的支路上。街上已经有行人打着伞。她从包里掏出一本杂志,支在脑袋上。就这么一会儿,他已经把车开到了她的面前。

他们去一家新开的餐厅吃饭,进门时已经有三四个朋友先到了。他们坐下要了饮料,又有三四个人陆续进来。随后又来了几个人。这一晚上的人才算差不多到齐了。这刚够她所需要的数。

饭后,侍者续了茶水,他们抽了一通烟,然后去市中心一个热闹的地方喝酒。他把她在街口放下,自己把车开进地下车库。

她站在一群围坐在路边的小圆桌旁喝咖啡的男女身旁。那些人像喝了酒那样高兴地喝着咖啡。更多的人在她面前经过,似乎都陶醉于这夜色。这时候,她觉得自己可以算是醒过来了。

有几张半熟的脸,向她投来辨认的一瞥。这一街区满是这种似是而非的探询的目光。她对自己说:"早晚有一天人们会把你认出来的。然后,在你被遗忘之前,就将你唾弃。"

她正这么想着,她今晚的司机在远处向她招手。

在交响乐队热闹了一番之后,她从侧幕向舞台中央走去。

她看见那个形象恶心的指挥正假惺惺地向她致意,那双湿手啪啪地发出黏糊糊的掌声。

她一出现在舞台上,就将脸转向观众席,脸上浮现出的表情,告诉观众,她已经陶醉于他们的热情的掌声之中。

她的演出服十分合体,她欠身致意时,体态相当优雅。她知道这一点。她让自己显得比实际上更紧张一点儿，以示对演出的尊重。她的职业生涯让她明确支配自己所做一切。

前奏起来时，她就知道这将是一个糟糕的夜晚。乐队过分地热情，速度不稳定，冲刺似的越来越快。终于，她没有在拍子上进去。她想都没想就放弃了。微笑着，等着乐队再重复一次。

但是，似乎是受那双湿手的影响，乐曲忽然就慢了下来。乐队发现丢了她似的拖拖拉拉地边走边等她。

一小撮观众似乎十分懂行地送出节制的、又担忧又遗憾的叹息。仿佛在帮她数着乐句，看看在什么地方可以闪身进去。她知道，她今晚不可能靠本能从泥潭里拔出脚来了。

她示意乐队停下来。

"抱歉！"她对着观众席说道。然后转过身去，看着乐队。"我们重新开始。"

她听见自己说。

布　局

那个男人朝她走过来的时候，嘴角有一丝笑意。这张著名的脸，令她觉得亲切。他看上去足有六十岁了。但是，却有着那种较之年轻许多的男人才有的得意劲儿。那身外套的裁剪没的说，将他隆起的肚子掩饰得很好。袖扣、手表、戒指，暗暗地泛着光，全是值钱的货色。

他亲切地看着她，仿佛是在赞叹她的美貌。他甚至借着镜子打量了她的背影。他买了几千块钱的化妆品，堆在她面前，看着她慢慢地替他整理、装袋。他的眼睛随着她纤细的手指在玻璃柜台上移来移去，使她的手隐隐发烫。

这时候，她的手机响了，她不好意思地笑了笑，跑到柜台的拐角去听电话。她知道他的目光跟了过来。她冲着电话发了一通脾气，赶紧挂了。

她走回来的一瞬间，甚至忘了是谁打

来的。

"你少装了一样东西。"

"什么?"她回过神来。

"心!"他微笑着说。

"啊?!"她抱怨自己昨天没有去做头发。

"接待顾客的时候应该专心一点儿。"

那个高个子的男人进来的时候,跟着两个比他还高的老外。他们的衣着过于讲究,类似于外交官的做派。浑身上下,一丝不苟,甚至使周围若干衣着随便的人有点儿局促不安。他们坐下来吸烟,那举止更使旁人自惭形秽。脸刮得发青,令人敬而远之。当他们开口说话,那份优雅则使邻桌的人彻底泄了气——他们觉得这个夜晚上这儿来真是多余。

侍者顽强地递上酒单,僵硬而弯曲地站在桌旁。

三人并不看他,还是彼此温柔地交谈,说到疑难处,他们就换一种语言,如果还有疑问,他们就说第三种语言。最后,他们回到本地方言。

这时候，推门进来三个年轻的本地女孩儿——成熟的学生，一色的长发，清纯而性感，稚气而又妩媚——径直朝他们走来。

三位绅士起身为她们让座，其中一位以本地最脏的脏话问候她们。那腔调文雅得没法形容。

少顷，有客人清了清嗓子招呼侍者。

他顺着自动步道上到三楼，远远地就看见她的背影。她永远是准时的，这不多见。

"你又不是士兵，没必要总是站得这么直。"他说。

"那我下次蹲着等你好了。"

她机灵得过了头，一开口，就没有她看上去那么可爱。

他们来为新居选购音响。把整层楼的商店都转了一遍。

"外观要漂亮。"她在电话里就定下了调子。所以要把每一种款式的器材都看一遍。

殷勤的店主想要显示一下他的货色，但

是被她拒绝了。

"不用听,买回去我也没时间听。"

店主看看那男人。

"噢,款式好的一般来说声音也不会差到哪儿去。"

她就欣赏他这一点,会说话,得体,体贴。

"好吧,那就听听吧。"她说。

混 合

"你好吗?"

"就这样啊。"

他第一次这样问,但是她的回答还是老样子。认命,无可奈何,安之若素。

"前一天晚上就开始下很大的雨。"上午旅行车穿过隧道时,司机说,"天气预报说这雨傍晚就停。"

实际上他们傍晚出门时,雨下得更急。她在他身前半步抱紧自己,他在她的身侧举着伞。两人的肩上都是雨水。他们围着街角来回过马路,进第一家商店时,她看着他挂满雨珠的外套笑了笑。她买了一只多向插座,带安全护套的。他们回到街上。"你把雨带来了。"她开玩笑说。

七年以后,那个电话中的人终于出现在面前——在她认识他之前所在的地方。这个他未曾到过的、纸上的、电影中的城市,和他的预感没有什么出入,只是更脏。

他们在第二家商店买酒,在上百种葡萄酒中选了三种。在第三家商店买了鲜花。她到店内付款,这时雨基本上停了,他收起伞,在街边掏出烟来抽。她推开店门时看看天:"哦,你来了雨就停了。"

她想说什么?

他坐在楼梯上看着她们俩进出洗手间,在他身边上下楼梯,画脸、换衣服。他开玩笑说:"我要是有了钱,就把你们都娶回家,生孩子。"她们中的一个说:"娶一个就可以了。"说完三个人中有两个人哈哈大笑起来。

隔壁人家的笑声更响，一阵一阵的。"他们好像每天都在聚会。"那个没笑的微笑着说。

他拉开玻璃门到阳台上去抽烟，看着六七幢大楼间的一小片天空，底下微型庭院中的树干，一个喂狗的女人。他把绕在栏杆上的串珠灯插座上的水擦干，把它晾在风里。

这季节，东部黑得很早。三个人穿上大衣，去十一街的VENIERO'S排队买起司蛋糕。然后，在街上轮流提着，好让腾出手的那一个拍照。

好像全世界都派了人到这里来凑热闹，人们挤成一团嘻嘻哈哈地在大圣诞树前留影，荷枪实弹的军人在一旁值勤，警车的频闪灯加入进来似乎也很和蔼。

他不像她们那么矜持，在照片上笑歪了嘴，跟在她身后，好像在用上海话问：去不啦？去不啦？活像街头的搭讪者。

回家前，他们又拐到CAFFE REGGIO喝一杯咖啡,仿佛谁都不想睡。店里的布置就像明信片上一样。陈旧,格局不变,没有一张桌子是一样的。他们在正中间的椅子上拍照。五十年以后发表。他开玩笑说。头上的油画黑乎乎的,一群人挤在一起,不知道在干什么……

咖啡来了。圣诞快乐!大家说。

就像诺拉·琼斯在唱《纽约》,或者《远走高飞》中的一曲《七年》。

流 转

他们上午出发。他开车送她去郊外的那个著名的地方。他说天气好得过了头,简直让人想找块空地直接躺下来。她说是啊是啊。她喜欢好天气,但是好像又有点儿附和他的意思。用了大约四十分钟。他们进入小城。他放慢车速,领她在幽静的街道上转了转。很美。她说。

他在一个路口停下车。去看吧。他说。

著名的学校，著名的海湾，著名的宫殿。都是必到之处。书上是这么写的。你可以坐下午的通勤火车回城里。你随便问一下，都知道的。我就不陪你了。他微笑着说。晚上见。

他很周到，还细致地将晚餐安排在音乐会之后。这让她感到自己确实是个游客。而不像是他的未婚妻。

她参观了那著名诗人的房间，还有诗人同学的房间。还去看了他们上课的教室。那仙境般的园林。然后，又去海边转了转。眺望那很多人眺望过的对岸。其实什么都看不见。

她在站台上等火车的时候，下午温暖的阳光照在长椅上，令她顿生倦意。那些下班回城里去的工人，吵吵嚷嚷地凑在一起抽烟。她想：是该改变一下了。

因为不出城，她来陪他。和他差不多的时间到达。在一旁含蓄地站着。她不全然是在翻译，也和客人说说家乡话。看到气氛融洽，他也很高兴。吃饭的时候，他们坐在一起。她吃得不多，而他则是狼吞虎咽的。她只是笑盈盈地望着他。兼有鼓励和欣赏的意思。他长得又高又瘦，而她是娇小丰腴。两人并排坐着，像是装错了货柜的两件东西。

天快黑的时候，她就有要走的意思，但是她并不着急。一般她不和大家一起吃晚饭。她只是征求一下他的意见，看看没有什么需要她做的事了，就委婉地和大家道别。不好意思，我先走一步。

再见再见。大家说。

她要回家给她家乡来的丈夫做饭。他说。

次日。大家提着所有的行李去赶电气火车。而他还不忘在杂乱的站台上买报纸。这是习惯。他解释说。误不了火车。

车内采光很好。一个小时的行程他一直在读报。有什么新闻？有人看不懂，只好问他。

没有。他说。

那你还看得这么津津有味？

不然还能做什么？他问。

她比约定的时间早到了一个小时。外

面很冷。她下到地下的商店里瞎逛起来。报摊、面包店、礼品店，甚至还进了一家小药房。她买了一盒润喉糖，含一片在嘴里。一边等待着。

她的样子平淡无奇，在这个肮脏的地铁里赶路的人，谁也不会看她一眼。她想。

她甚至有很长时间没有注意过自己了。洗头的次数比她心情好时减少了一半。她又想，较之她一度心情不好时，似乎也减少了一半。她送去洗的衣物也减少了。化妆少了。吃的也少了。戒了许久的烟，又抽了起来。

她看见他从台阶上下来，晃晃悠悠地。径直朝她走来，在面前走过，仿佛没有看见她。她从后面小跑几步，拍了一下他的肩膀。

他转过身，直直地望着她。

你没有看见我，还是不认识我了？她说。

我当然看见你了。我当然认识你。

那你为什么像没看见我一样？

你在等我？

不是。我在等别人。

说完她就后悔了。

奢　华

那地方，除了游客和服务人员，几乎见不到其他人。从高处看下去，这个世界著名的山谷，仿佛是一座空城。那些曾经出没于此的标致的面孔，只是幽灵般浮现在游人的脑海里。转过每一个街角，都有两辆或者更多一尘不染的汽车，展览式地停在路边。那份干净，令人望尘莫及。

"我不认识她。"他对警察说。警察请他帮忙回忆一下，尽可能多的细节。

"十八岁至三十五岁之间。"他力求表述准确。警察看了他一眼。他试着复原她的形象。金发，开一辆他从未见过的汽车，戴着墨镜，围着带图案的丝巾，穿墨绿色西服，黑色皮包在副手座上。头发是那种一分钟前刚做完的样子，先点上纸烟，然后才发动汽车。她绕着草坪间的蛇形道路离开时，宛如电影中的片段。那些东西是什么牌子的,他一概不知道。那脸上的神情,大概意思是,她要去处理的事情,不外乎是给某个人划去一个亿,也许还多一点儿;或者有五千至六千人要失业。

"你等于什么也没说。"警察说,"这儿全是这类人。"

她驱车在沙漠里跑了一天。傍晚时分,拐过一个山头,开上大坝。她调整好手表,向脚下那闪烁的城市驶去。

她那肥胖的身躯从车里挪出来时,天已完全黑了。她去威尼斯人二楼喝了杯咖啡,看着蓝天下游人挤在冈多拉上接吻,然后穿过一道门,跑进夜色里转了一圈,结果又喝了杯咖啡。最后,如愿下到一楼。

她的手气好极了,庄家从黑人换到亚裔换到印第安人换到俄国人最后换到一个精瘦的白种女人。而她原本打算把汽车卖了,坐飞机回去的。她去兑换了筹码,为自己留了一枚五十美分的硬币。

她出来时,天已经大亮。街上有一些拍

照的游客。她在路边徘徊了一阵,取了份报纸,然后折回二楼喝咖啡。

他们下午在街上吃了份土耳其肉卷,从那著名诗人命名的车站下到极深的站台,坐地铁回旅馆。前不久恐怖袭击爆炸过的痕迹已无处可寻。主人立刻领他们又下到地下,一处酒窖风格的餐厅。鱼子酱和鹅肝,以及英国产的斯米尔诺夫。非常暖和。大家愉快地谈论着街上的寒风、米哈尔科夫、纳博科夫、契诃夫——契诃夫说得对,有人回应另一个人引用契诃夫的话。下午很快就过去了。

入夜,主人的生日宴会。他们转移到另一个餐馆,更多的斯米尔诺夫,更多的客人。主人为他们一一介绍,其中一位优雅和蔼的妇女,她父亲的塑像就在街对面,那举世瞩目的广场的一侧。

你好。她起身从黑面包和酸黄瓜上伸出手来。

幕　间

她坐在剧场中间右侧靠走廊的座位，边上的加座上是一个衣着整洁、高大英俊的年轻人。他很早就进了剧场，逡巡了一番，找到自己的座位，羞涩地在近处观察了一小会儿，便走开了。直到场灯暗了下来，他才悄无声息地坐了下来。此后，一直没有发出过任何声响，就像是一件干净的外套放在了翻开的座位上，还带着一股女用香水的味道。

这大概是在世最好的男高音，或者是最好的之一。他的高音已经有点儿困难，不用麦克风，对剧场的控制也略有逊色。虽然不是处于巅峰时期，但是那韵味依然使她陶醉，比她听过的其他几位更令她心仪。虽然最使她动情的也是那号角般的高音C，但是观众席里弥漫着的那股未满足的对高音的失望使她转而对这个走下坡路的男高音充满了无限的怜惜。毕竟他微暗的音色就像衣领上褪色的标签，基本上是无法察觉的。

幕间休息时，加座的那个年轻人如释重负地走开了，他没有再回来。整个下半场，她听见的都是某处翻动座椅的声音、某个被揭开的塑料袋的声音、某处间歇性咳嗽的声音，最后，她听见有人掏出纸来大声地擤了一把鼻涕。

她整个下午都在旅馆的双人床上研究地图，进了房间连行李都没有打开。白色的被褥有一股好闻的干净味道，落日的余晖慢慢照进来，令此刻显得更加安静。

她在地图上找到旅馆所在的那条街道，用红色的记号笔圈了出来。顺着这条小街向右走不远，就进入了横贯城区的商业街，一家咖啡馆、一家小杂货店，然后又是一家咖啡馆，以及一家服装店和一家饰品店。街对面的商店也大致如此。稍远处，跨过一座水泥桥，街道向四面散开去，一条拐向河湾，一条拐向一处墓地，另外几条则在一个公园前岔开，伸向树林深处。越过几个街区，有一个大型广场，以及连带着的环形道路。那些回廊下的椅子，在喷泉旁觅食的鸽子，举着数码相机的游客。

她不知道自己是不是要和事前约好的旅伴一起再去逛一次，当另一个人已经不在了的时候。

她在六层的购物中心里上上下下溜达了一个下午，她没戴手表，手机的电池也用完了。她不想知道现在几点了。她在二楼洗了头，在四楼喝了咖啡，在六楼看了场电影，再回到一楼买了几罐护肤品，最后下到地下一层，把超市的食品货架梳理了一遍。她对自己说，增肥吧！

她为自己买了面包、蛋糕、奶酪、人造黄油、巧克力、饼干、咖啡豆、葡萄酒、红茶、蜂蜜、牛奶、酸奶以及乳酸饮料。

一个年轻英俊的小伙子在一旁注意了她好一会儿，这时候走上前来，善意地表示帮她提着购物篮。

她跟在小伙子身后，慢吞吞地朝收银台走去。小伙子身体绷得挺直，步履轻快，很快就走到了排队结账的人群中,她在最后一排货架前拐弯溜掉了。

篝 火

那匹马长着一张人脸,如果笑起来也许会有一只鹅的表情。实际上,她也想不起来鹅脸是怎样的,它那么窄小,五官挤在一起,和其他家禽没什么不同。

她一早起来就在窗前看着这匹马,隔着河在对岸的牧场上游荡,低头嗅着草,时而小跑几步;鬃毛披着霞光,沐浴在微风中,臀部结实。那姿态,介乎有力和懈怠之间。

她看见另一匹马从不远处的马厩里被牧民牵出来,检查蹄子。随后,那马被拴在木桩上,不安地在房屋的阴影里来回走动。它生病了吗?可是看上去要比对岸的那匹马更有力量。

她问自己,哪一匹是母马?

她的姐妹都在梳妆打扮,嚷嚷着叫她关

上窗户。她忽然看见那匹被拴着的马,用蹄子不紧不慢地踩着一堆篝火的余烬。那是她们昨晚烧烤的残迹。马为什么要在早上踩那堆东西呢?

索道两侧的铁链已经完全锈蚀,山谷一半处在阴影中。那个中年向导此时已经差不多走到了对岸。她想等后续的伙伴赶上来壮胆,但是多一个人索道会摇晃得更厉害。她犹豫着,而向导的身影已经转过山口。

一瞬之间,寒冷的山谷安静下来。古时工匠凿出的栈道起伏不定地镶嵌在陡峭的山腰间,令她不敢涉足。她仔细地打量着山谷,试图辨认古时河水在栈道下方留下的印迹。一无所获。

她抓住冰凉的铁链向对岸挪去,索道随着她的移动开始摇晃,脚下的万丈深渊向她呈现出来,山谷间的一切声音都消失了,她只看见面前的一小团热气。

她艰难地走到索道的中央,那向下深陷的最低处。她想,要是在古时候,自己已经站在河水中了。

她朝屋外看了一眼，露台反射的阳光刺痛了她的眼睛。八月里，小镇上的女孩子都穿着短裙，男孩子光着上身在树荫下跑来跑去，上了点儿年纪的妇女则半敞着怀，像是刚奶完了婴儿。镇上的建筑像是遗迹，而居民像是土著，他们的肤色加深了她的这一印象。他们日常似乎总是在打瞌睡。

历史上这里出过几位显要的人物，一位画家，一位吹玻璃的，还有一个有名的浪荡儿。

她关上百叶窗，在漫射进来的光线中抽烟、饮茶。她简要回顾着自己的行程：邮轮、一支笔、南部的旅行手册、两三家酒店、一堆水果、面包、上百次地按动照相机快门、火车、记忆中的手术、吃坏了肚子、扔掉的内衣、想不起来的一段旋律、接过的五六个电话、信用卡、一只哨子……

她迷糊了，她带着哨子干什么呢？

河　湾

连着一周都在下雨，目力所及，一切都是湿漉漉的。航班误点，一直过了午夜还没有消息，接机的人逐渐散去，几家旅行社的导游凑在一起抽烟，一列穿制服的机组人员拖着手提箱穿过大厅，嘈杂的候机厅渐渐安静下来。

他坐在靠窗的塑料椅子上，发短信消磨时间。一个清洁工慢吞吞地打扫地面，一边东张西望，目光含混，似乎期待着什么人的遗留之物。

广播通告了延误的航班半小时前已经从始发地起飞，接机的人稍稍骚动了一下立刻恢复了平静。他目光涣散地望着窗外，几个小时前他就接到电话，说是送东西的人已经开车去机场了。

他在玻璃的反光中看着自己模糊不清的脸，消瘦、未加修饰、呆滞、黯淡。脑子里转来转去都是多年前读过的尤金·奥尼尔的剧本《送冰的人来了》里的激烈台词。

有人在背后拍拍他的肩膀,他在玻璃的反光中看见一张更加模糊不清的脸……

他把写完的诗稿寄给一位诗人,对方回信说:你要是继续写下去,事情会变成喜剧。要是搁在平时,他会回信说,你又幽了一默。而此刻,他真心希望这是一句骂人话。

在这首诗中,他描写了一只纸箱,里面收纳着一些小纪念品。一只忘了谁给的石膏制少女胸像、一只从开罗的地摊上买来的黑色盘子、一只从墨西哥城的纪念品商店买来的稍大一点儿的金色盘子、一只从大理的地摊上顺来的仿铜笔架、一只从纽约过了几道手的银质烛台、两副断了腿的意大利墨镜、一组猪形柬埔寨古钱币、一块产自越南的石头佛像、一支购自勃朗蒂姐妹纪念馆的鹅毛笔、从旧金山一家同性恋书店买来的明信片,诸如此类。

他知道,只有在阅读中,这些东西才会

被记取或者被忽略。

气温足有四十度,他从遮阳棚退回到咖啡馆深处,在吊扇下坐着。电影咋天拍完了,他喝了半夜的酒,一直睡到中午才起来。剧组的成员在逐渐散去,有人经过门前还在大太阳底下冲他挥挥手。他不知道自己都拍了些什么,只是每天看着从各处临时找来的人,在面前晃来晃去,说一些不着四六的话。他甚至希望自己从来就没有拍过这部电影。

一辆汽车在门口停了下来,女主演,那个不太红的明星从车上一跃进了咖啡馆。她来和他告别,拍拍背、蹭蹭脸,微笑中带着倦意。是啊,大家都累了。拍到一半,所有的人就都明白了,别指望这部电影大卖或者在艺术上有多少价值。唯一的可取之处,是影片的外景地选得不错,伙食好,住得也好。他觉得好像是一群陌生人凑在一块儿度假,顺便拍了一部电影。

她走出门去,上车前,他听见街上有人在用剧中人物的名字叫她。

帷　幕

暖气足以使人伤风,列车由上海往北京而去,他遥想着多年前的俄国之行。送行的人将他推入彼得堡夜晚之站台,说了句:安娜去莫斯科坐的就是这班火车,转身走了。他知道这是笑谈。俄国列车之旧稍逊于俄航之班机,包厢的内饰陈旧而整洁,混合着烟草和熏肠的气味。夜行六百里,窗外是看不见的十月之原野。再上一次坐火车旅行也是向北方的某处。总之,逃避感情或者朝着终将逃避的感情。渥伦斯基式的或者托尔斯泰式的,由安娜所唤起。

对面的女士年轻而沉静,带着大号的旅行箱,衣饰雅致,向他投来探询的一瞥。他微笑着扮演苦力,试图将箱子举上行李架。"太大了。"他说,将箱子放在脚边。两人蜷缩于各自的下铺，对视无言。

那女子取出一本书来，低头阅读，目光不再游移。他掏出一张皱巴巴的报纸，翻到体育版，研究阿布的切尔西一路高歌猛进，势不可挡。

山脚下人头攒动，他们汇入人流朝山上走去。每至一处景点，他们便坐下来喘气、喝水，慨叹岁月和渐趋报废的肉身。山间的一处厕所，上下各光顾了一次。最后轻松地爬进汽车。

返程时交通更加拥堵，游行的人群和他们同一个方向，路边的警察多过围观的路人。一个扎着马尾辫的女孩儿上来敲了敲车窗。"捎我一程吧？"她礼貌地央求道。

司机折回高速公路，飞速地开了半天，从另一端绕回城里。那女孩儿一路在副手座上狂打手机，约了练瑜伽、洗头、修指甲、取车、改衣服、餐馆、酒吧。最后，她侧过脑袋，优雅地将食指竖在嘴边，示意他们不要出声。然后约了一家备选的酒店。

她让司机在一个地铁口将她放下。"谢啦！"她几乎是顽皮地道谢，"给你们留个电话吧？！"

他们中的一个拍了拍司机的肩膀："你要她的电话吗？"

时近傍晚，他们冒着细雨踏进几乎废弃的厂区。售楼小姐打着伞，在前面引路，她熟练地越过那些水洼，不时在突出的屋檐下蹭蹭鞋底。她的透明丝袜上沾着几星泥点，她厌恶地皱着眉头。

他们跟着她在未开工的地基上转来转去，举着伞，像一群侍从。等他们再回到售楼处，鞋底满是污泥，一组人围着门前的擦鞋垫蹭了半天。

售楼小姐失踪了一样，不再露面。他们被晾在开足了暖气的大厅里，像一群避寒的难民。

"你们这谁拿主意啊？"等她再出现时，已经褪下制服，换上了便装，手里捧着一本印刷精美的楼书。

"你帮我们拿主意吧。"其中一个人说。

她疑惑地望着这群人。心想,该死。这群人到底是干什么的?

片　　刻

她关上车门,他就说:不习惯了吧?

她望着前挡风玻璃:说什么呢?

他说:这不是什么好车。

她侧过脸:你要干什么?

他嘿嘿一笑:是不是啊?

她假装有点儿生气:我不知道什么叫好车。

她不看他,自己笑着。他看见她笑得很开心,样子妩媚。但是她不年轻了。比他熟悉的那个她要大。他不再看她。他认识她时,她可真是年轻。他喜欢看她往前走,在他前面。他告诉了她,他有一次在她身后这样想。她记住了。她做了他希望她做的一切。

别的车是不是比较大?

我怎么知道?她好像是在问自己。她脑

子闪过那辆宽大的汽车。他说的那辆车。但是他不知道那车有多旧。他要是知道,他会说什么?

每天她都看见他从办公室的窗前开过,绕过花坛,一把就将车倒进该停的地方。她喜欢他的利索劲儿。这种时候,他们就像两个不相干的人。礼貌地打招呼,微笑,问候。有时候甚至是完全的职业的对视。他们有多久没有单独见面了?一年?三年?她知道他就是那个人,她熟悉他那一套。他的她也熟悉。每天都一样,渐渐地,就开始厌烦。隔一天见面,这间隔越来越长。差不多四个月见一次。她有一次看见他从的车里出来。回头冲着车窗摆摆手,然后,冷漠地四下张望。他在看什么?提着一只皮包。像个职员。也许本质上他就是个职员。

哦,你们的制服很不错,蛮漂亮的。

她知道面前这个人言不由衷,但是她还是挺享受这种恭维的。

这不是制服。

那人一愣。对不起我说错了。他向她很诚恳地道歉。

她发现他其实长得不错。挺招人喜欢的。身上有股淡淡的香水味。她慢慢看着他把音响调试好。

好不好？他问她。

不错不错。她敷衍道。她其实什么也没有听见。只是看见脖子后面的浅浅的绒毛。那是什么？

等她回过神来，他开着车已经到了家门口。

她拉开车门的一瞬间，他看见副手座上有一张卡片。

他告诉自己这是那个人留下的。现在被她坐在屁股下面。

他可以叫她抬抬屁股。但是他什么也没说。她扭来扭去，好像坐得不舒服。

有什么东西在你屁股底下。

我无所谓。她说。但是她还是抬了抬屁股，从下面抽出一张纸来，顺手就扔出窗外。

我扔掉的东西没什么用吧？她问他。
没用。他说。
他对自己很失望。